Haus der Faltins
Burgruine im Wald

Ina Brandt

Eulenzauber

Das Geheimnis des weißen Pferdes

Weitere Bücher von Ina Brandt im Arena Verlag:
Eulenzauber. Ein goldenes Geheimnis (Band 1)
Eulenzauber. Rettung für Silberpfote (Band 2)
Eulenzauber. Eine wunderbare Freundschaft (Band 3)
Eulenzauber. Magie im Glitzerwald (Band 4)
Eulenzauber. Rätsel um die Goldfeder (Band 5)
Eulenzauber. Hilfe für das kleine Fohlen (Band 6)
Eulenzauber. Geheimnisvoller Edelstein (Band 7)
Eulenzauber. Ein neuer Freund für Goldwing (Band 8)
Eulenzauber. Der große Herzenswunsch (Band 9)
Eulenzauber. Der Kreis der Goldflügel (Band 10)
Eulenzauber. Der Ruf des Waldkauzes (Band 11)
Eulenzauber. Die magische Botschaft (Band 12)
Zaubereulen in Federland. Das Geheimnis von Athenaria (Band 1)

Ina Brandt
arbeitete nach dem Germanistikstudium einige Jahre als Lektorin, bevor sie sich als Autorin selbstständig machte. Seitdem hat sie zahlreiche Kinderbücher veröffentlicht. Mit »Eulenzauber« erfüllt sie sich einen lang gehegten Traum, den ihr ein kleiner Waldkauz in vielen Nächten aus dem Garten zugerufen hat.

Irene Mohr
wurde in Hamburg geboren und hat dort an der Fachhochschule für Gestaltung Grafikdesign studiert. Seitdem arbeitet sie als Illustratorin und Grafikerin für verschiedene Kinderbuchverlage. Wenn sie keine Bücher illustriert, ist sie am liebsten mit Pinsel und Staffelei in der Natur.

Ina Brandt

Eulenzauber

Das Geheimnis des weißen Pferdes

Mit Illustrationen von
Irene Mohr

Arena

Für alle, die Mut haben
zu träumen

Arena

Ein Verlag in der westermann GRUPPE

MIX
Papier aus verantwortungsvollen Quellen
FSC www.fsc.org FSC® C110508

1. Auflage 2020

Rottendorfer Straße 16, 97074 Würzburg

Text: Ina Brandt
Cover und Innenillustrationen: Irene Mohr
Lektorat: Anna Wörner
Umschlaggestaltung: Juliane Lindemann
Logogestaltung: Max Meinzold

Gesamtherstellung: Westermann Druck Zwickau GmbH
Printed in Germany

ISBN 978-3-401-60460-2

Besuche den Arena Verlag im Netz:
www.arena-verlag.de

Diese Zeilen hinterlasse ich dem Menschen, der daran glaubt, dass es Zaubereulen wirklich gibt! Dem, der bereit ist, ihr Geheimnis zu wahren und ihre Kräfte weise zu nutzen. Dem, der seine Eule gefunden hat, die bloß er verwandeln kann. Nur wenn die beiden wirklich füreinander bestimmt sind, wird das Wunder wahr.

1

Aufregende Ereignisse

»Iiihhh, ein Kaugummi!« Angewidert ließ Flora das klebrige rosa Teil in den Plastikeimer fallen. »Warum stecken denn Leute ihren Müll in Blumenkästen?«

»Na ja, besser der hängt am Löwenzahn als an deinem Schuh«, meinte Miri und stocherte vorsichtshalber mit der Schaufel zwischen den Geranien herum, um nicht auch auf eine solche Überraschung zu stoßen.

Flora und Miri halfen Sarah, der Besitzerin des Reiterstalls, das Unkraut aus den Steintrögen zu zupfen. Und danach würden sie noch den Hof kehren. Schließlich sollte alles tipptopp aussehen, wenn morgen das Fernsehteam kam. Ein lokaler Sender wollte in Tannenbach filmen. »Ein malerisches Dörfchen und seine wunderschöne Umgebung«, sollte die Sendung heißen. Und da durfte auch der Reiterhof mit seinen Pferden nicht fehlen!

»Hoffentlich bleibt das Wetter so«, meinte Flora mit einem Blick in den strahlend blauen Spätsommerhimmel. »Bei Regen werden die Aufnahmen verschoben und wir können noch mal von vorn anfangen.« Beherzt stach sie mit der Schaufel eine dicke Distel aus der Erde.

»Jetzt mach schon!«, erklang es da unwillig vom Außenreitplatz. Dort versuchte Nathalie mit grimmiger Miene, ihr Pferd Aurora in den Galopp zu bringen. Sie drückte ihr die Hacken in die Seite und schnalzte mit der Zunge, doch das beeindruckte die hübsche Stute überhaupt nicht.

Schließlich versetzte ihr Nathalie mit der Gerte einen Klaps auf den Hintern und Aurora machte augenblicklich einen unwirschen Satz nach vorn. Nathalie wäre um ein Haar aus dem Sattel gerutscht! Nur mühsam fand sie wieder in den Takt.

»Na warte, mit mir nicht!«, presste sie zwischen zusammengebissenen Zähnen hervor.

»Nicht genug, dass Nathalie in der Schule alle anmotzt«, meinte Miri kopfschüttelnd. »Jetzt verbreitet sie auch noch hier ihre schlechte Laune. Und darauf hat Aurora offensichtlich gar keine Lust.«

»Ja, die lässt sich das nicht gefallen«, bestätigte Flora.

Dafür bewunderte sie die Stute insgeheim ein bisschen, denn Flora ließ sich von Nathalies bissigen Kommentaren schon manchmal einschüchtern. Obwohl sie Nathalie in einem anderen Licht sah, seit sie zufällig mitbekommen hatte, dass sie adoptiert war. Zumindest wusste Flora jetzt, was manchmal hinter Nathalies fieser Art steckte. Zum Beispiel Lea gegenüber, weil die noch eine kleine Schwester bekommen hatte. Dauernd musste Nathalie deswegen blöde Bemerkungen von sich geben – wahrscheinlich, weil sie sich auch heimlich Geschwister wünschte. Dass sie adoptiert war, wusste niemand in der Klasse. Flora hatte Nathalies Geheimnis bisher auch niemandem verraten, nicht einmal Miri.

»Gut, dass Aurora so bockig ist«, meinte Miri. »Soll Nathalie ruhig merken, dass sie mit ihrer Art nicht überall durchkommt. Wenn sie zu diesem superwichtigen Besuch am Samstag auch so unmöglich ist, dann erscheint der sicher so schnell nicht wieder.«

»Was für ein Besuch?«, fragte Flora erstaunt.

»Hast du das nicht mitbekommen?«, wunderte sich Miri. »Hat Lea doch erzählt. Und die weiß es von Emilie. Irgendeine Verwandte, die Nathalie schon ewig nicht mehr gesehen hat. Deswegen ist sie jetzt ganz aufgeregt und spricht anscheinend von nichts anderem.«

Flora schaute Miri mit großen Augen an. Das war ja seltsam. Nathalie hatte eigentlich gar keine Verwandten, sie kannte ja nicht einmal ihre Mutter. Flora wusste, dass die letzten Nachforschungen nach ihr im Sande verlaufen waren. Aber sie erinnerte sich gut, wie sehnsüchtig Nathalie das Foto der Frau angeschaut hatte, die ihr so verblüffend ähnlich sah. Das hatte Flora auf den Gedanken gebracht, ob das wohl Nathalies Mutter war. Und handelte es sich bei diesem Besuch nun vielleicht um die Frau auf dem Foto? Flora zupfte gedankenverloren an ein paar Grashalmen herum, die zwischen dem Lavendel nichts zu suchen hatten. Wenn dieser Besuch tatsächlich Nathalies Mutter sein sollte – Flora wagte kaum, sich das vorzustellen –, dann verstand sie natürlich, dass Nathalie nervös war. Aber das war noch lange kein Grund, alle anzuschnauzen.

»Ist gut, ich werde die Augen offen halten«, unterbrach da Sarahs Stimme Floras Gedanken. Die Besitzerin des Reiterhofs trat aus ihrem kleinen Büro und schaute kopfschüttelnd auf ihr Handy. »Ein Pferd verschwindet doch nicht einfach«, murmelte sie.

»Was?«, fragten Flora und Miri alarmiert.

»Eine Freundin aus Grünhausen hat mir gerade erzählt, dass seit gestern Nachmittag ein Araberhengst vermisst wird«, erklärte Sarah. »Er stand bei einem alten Mann auf der Koppel. Leider ist er vor ein paar Tagen gestorben und jetzt ist das Pferd plötzlich wie vom Erdboden verschwunden. Man kann nur hoffen, dass ihm nichts passiert ist. Ich habe gesagt, wir melden uns natürlich sofort, falls es hier irgendwo auftaucht.«

Wie kann ein Pferd verschwinden?, wunderte sich Flora. So ein großes Tier war schließlich nicht zu übersehen. Außer es versteckte sich. Doch da schnappte sich Sarah die Schubkarre, die voll mit Unkraut war. »Ihr wart ja fleißig!«, lobte sie die Mädchen. »Jetzt sieht man endlich die hübschen Blumen wieder.«

Flora und Miri lächelten. Und morgen würden hier auf dem Vorplatz noch zwei richtig hübsche Pferde stehen. Miris Pony Dusty und Sarahs Stute Donata. Sie würden sie bürsten, bis sie glänzten, und ihnen Zöpfe in die Mähne flechten. So wurden sie sicher noch nie vor einem Ausritt herausgeputzt und die Leute vom Fernsehen waren bestimmt begeistert. Der schwarzweiß gescheckte Dusty und die hellbraune Fuchsstute im Wald vor dem dunklen Grün der Tannen, während die Spätsommersonne flirrende Lichtstreifen durch die Zweige schickte. Das musste doch herrlich aussehen! Flora hätte am liebsten die Uhr vorgedreht, damit es endlich so weit war. Sie konnte es kaum mehr erwarten!

2

Wie ein böser Traum

Als Flora verschwitzt und verdreckt die Wohnungstür öffnete, gab es einen dumpfen Rumms. »Moment!«, erklang die Stimme ihres Vaters und kurz danach das Scheppern des Schuhschranks. Dann zog Herr Faltin die Tür auf. »Beinahe hättest du deinen alten Vater k. o. geschlagen«, erklärte er und drückte Flora an sich. Doch gleich darauf hielt er sie ein Stück von sich weg.

»Puh, ich glaube, eine Dusche wäre nicht schlecht«, stellte er mit einem prüfenden Blick auf Flora fest.

»Ich dachte, wir essen jetzt«, erklang da die Stimme von Frau Faltin aus der Küche. »Die Gurkensuppe steht schon auf dem Tisch.«

»Das macht doch nichts, die ist ja sowieso kalt«, erwiderte Floras Vater. »Und ich bin mir sicher, dass niemand Gurken-Pferdemist-Suppe mag.«

»Doch, ich!«, erwiderte Flora und zwinkerte ihrem Vater zu.

»Ja, klar. Wenn es nach dir ginge, würdest du im

Stall essen, schlafen und Hausaufgaben machen«, meinte ihr Vater.

»Und wer würde mir dann beim Pflaumenkuchen helfen?«, rief Frau Faltin.

Oh, das hatte sie ihrer Mutter ja für heute versprochen, fiel Flora ein. Bei dem Gedanken an den leckeren Teig lief ihr gleich das Wasser im Mund zusammen. »Ich beeil mich!«, rief sie und verschwand im Bad.

Nur ein paar Minuten später saß Flora in ihrem Bademantel und mit einem dicken Handtuchturban auf dem Kopf am Tisch. Sie musste sich zwingen, ihren Teller leer zu essen. Die Suppe schmeckte zwar erfrischend nach Zitrone, doch die blassgrüne Farbe fand Flora ziemlich unappetitlich. Aber so hatte sie wenigstens noch Platz im Bauch für den Teig. Wie immer gab es für sie und ihren Bruder Felix einen kleinen zuckrig-buttrigen Klops extra, der in Sekundenschnelle in ihren Mündern verschwand.

»Bitte Mama, schau, dass da mindestens zwei Stücke übrig sind, wenn ich morgen vom Reiterhof zurückkomme«, bat Flora, während sie die köstlich süße Teigmasse mit geschlossenen Augen auf der Zunge zergehen ließ.

»Kommst du nach der Schule gar nicht nach Hause?«, wunderte sich ihre Mutter.

»Nein, ich gehe mit Miri gleich zu Sarah«, erklärte Flora. »Wir müssen die Pferde richten, vielleicht noch mal fegen. Und um 15 Uhr rückt schon das Fernsehteam an. Wenn das Wetter hoffentlich mitmacht.«

»Und was ist mit den Hausaufgaben?«, fragte Frau Faltin, während sie mit energischen Bewegungen die Teigschüssel abspülte.

»Filmarbeiten live mitzuerleben, ist doch was Besonderes. Da sind die Hausaufgaben eben mal Nebensache«, sprang Herr Faltin Flora zur Seite.

»Kann ich mit Ben nicht auch kommen?«, bettelte Felix. »Vielleicht braucht ihr ja noch Hilfe?«

»Auf keinen Fall«, wehrte Flora sofort ab. Nervige kleine Brüder waren ganz sicher keine Hilfe. »Aber ich erzähle dir dann abends alles ganz genau«, fügte sie etwas versöhnlicher hinzu, als sie Felix' enttäuschtes Gesicht sah.

»Kommst *du* eigentlich auch ins Fernsehen?«, wollte er wissen. »Vielleicht wirst du berühmt?«

»Es werden nur Miri und Sarah gefilmt«, erklärte Flora. »Und auch die werden sicher nicht berühmt, denn es soll ja um die schöne Gegend gehen. Der Ausritt ist bloß ein ganz kleiner Teil des Films.«

»Und dafür putzt ihr dann zwei Tage den Hof?« Felix schüttelte den Kopf. »Das würde mir ja nicht im Traum einfallen.«

»Deswegen spielst *du* auch Fußball«, meinte Herr Faltin und fing an, um Felix herumzudribbeln und ihn mit der Schulter zur Seite zu drücken. Die anderen lachten.

Manchmal konnte man meinen, Herr Faltin sei auch gerade mal sieben Jahre alt.

Ungeduldig wie immer wartete Flora später darauf, dass es endlich ruhig wurde. Erst dann konnte sie sich unbemerkt zu ihrer kleinen Zaubereule in den Garten schleichen. Doch heute leuchteten ihr nicht wie sonst ihre orangefarbenen Augen zwischen den Zweigen entgegen. Flora stockte. Was war da los? Goldwing verspätete sich nie! Sofort beschlich Flora ein mulmiges Gefühl. Wenn Goldwing was passiert war ... Daran wagte sie gar nicht zu denken.

Seit sie und Goldwing vor einiger Zeit herausgefunden hatten, dass sie Zaubereule und Eulenfreundin waren, dass sie zusammengehörten und anderen helfen sollten, waren sie allerbeste Freundinnen. Fast kein Tag war vergangen, an dem sie sich nicht getroffen hatten. Und nun ... zum ersten Mal ... Flora spürte einen Kloß im Hals.

Da streifte plötzlich etwas ihren Kopf. Nur ganz federleicht, aber Flora wusste sofort – das war Goldwing! In engen Kreisen schraubte sich die Waldohreule in die Luft, höher und höher, verharrte schließlich und schaute auf Flora herab. Dann ließ sie sich mit angelegten Flügeln nach unten fallen, drehte kurz vor Flora ab und verschwand in einer der Tannen. Von dort sah sie Flora erwartungsvoll an, während das Orange ihrer Augen für einen Moment noch heller leuchtete als sonst. Keine Frage, Goldwing hatte ihren Spaß! Solche Überraschungsmanöver waren ganz nach ihrem Geschmack. Auch Flora lachte. Das war typisch für die kleine Eule! Schnell ging sie zu ihr und hielt ihr den Zauberring hin. Dann flüsterte sie:

Zaubereule, komm herbei!

Und während sich noch die letzten Federn von Goldwings Flügeln golden färbten, sprudelte Flora schon hervor:

»Goldwing, du bist ja ein Spaßvogel! Auf was für Ideen du kommst. Hast mich ganz schön erschreckt.«

»Aber nicht schlimm, oder?«, fragte Goldwing. Sie drückte ihren Kopf an Floras Hand und schaute liebevoll zu ihr hoch. »Ich dachte, es wird allmählich langweilig, wenn ich da immer schon sitze und auf dich warte.«

»Ach, langweilig finde ich das nicht! Im Gegenteil: Ich bin jedes Mal noch ein bisschen aufgeregt, wenn wir uns sehen«, gestand Flora. Versonnen streichelte sie über Goldwings glitzernde Flügel. »Aber Hauptsache, du bist da. Denn ohne dich, das kann ich mir gar nicht vorstellen.«

»Musst du auch nicht«, beruhigte Goldwing sie. »Ich bin immer da. Und freue mich drauf, mit dir zu reden. Und zu hören, was du gemacht hast. Heute wart ihr ja richtig fleißig bei Sarah. Ich bin mal beim Pferdehof vorbeigeflogen.«

Flora lächelte. Goldwing war auch tagsüber gerne immer mal wieder heimlich in ihrer Nähe. Sie war eine ziemlich neugierige kleine Eule. Und deswegen wollte sie nun alles von den geplanten Filmaufnahmen wissen. Flora erzählte und erzählte, bis ihr Blick schließlich sehnsüchtig über den Sternenhimmel wanderte. Wenn doch schon morgen wäre, damit es endlich losging.

Als Flora am nächsten Tag das Klassenzimmer betrat, sah sie mit einem Blick, dass mit Miri was nicht stimmte. Anstatt mit den anderen zu quatschen, saß sie da und spitzte mit verbissener Miene ihre Stifte. Flora stellte ihre Tasche ab, setzte sich auf den Tisch und musterte ihre Freundin besorgt.

»Was ist los?«, erkundigte sie sich leise. »Hast du Ärger zu Hause?«

Miris Unterlippe fing an zu zittern und Flora dachte schon, sie würde anfangen zu weinen. Doch sie riss sich zusammen.

»Nee, keinen Ärger«, murmelte sie und vermied es, Flora anzusehen. Vielleicht hätte sie dann wirklich losgeweint. Ein paar Sekunden schwieg Miri,

während Flora beinahe platzte vor Ungeduld. Was hatte sie nur?

»Mein Vater hat ein Jobangebot fürs Ausland bekommen«, presste sie schließlich hervor. »Sein Chef hat ihn gefragt, ob er sich vorstellen könnte, für die Filiale in Südafrika zu arbeiten.«

Flora fuhr der Schreck in alle Glieder. Ihr Gesicht fühlte sich schlagartig glühend heiß an und Flora ahnte, dass dort jetzt der rote Fleck auf ihrer Stirn prangte. Wie immer, wenn sie sehr aufgeregt oder wütend war.

»Südafrika???«, war das Einzige, was sie herausbrachte. Hatte sie richtig gehört? Erschrocken zuckte sie zusammen, als Frau Hauser in die Hände klatschte, damit endlich Ruhe einkehrte. Sie hatte die Klassenlehrerin gar nicht hereinkommen sehen. Schnell rutschte Flora auf den Stuhl und packte ihre Sachen aus.

»Und was hat dein Vater gesagt?«, fragte sie flüsternd, obwohl die Antwort eigentlich schon in Miris Gesicht stand.

»Dass er sich das vorstellen kann. Und meine Mutter anscheinend auch«, flüsterte Miri zurück. »Aber *ich* will nicht weg!«

Jetzt schossen ihr wirklich Tränen in die Augen und sie schaute schnell zur Seite.

»Miri, Flora, das gilt auch für euch«, ermahnte Frau Hauser die beiden. »Schlagt bitte Seite 39 auf.«

Flora hatte Frau Hausers Anweisung gar nicht gehört. Mit einem dicken Kloß im Hals und zitternden Händen blätterte sie in ihrem Mathebuch herum. Die Zahlen verschwammen vor ihrem wässrigen Blick. Plötzlich sah sie Miri umgeben von Elefanten, Giraffen und Antilopen. Tausende Kilometer entfernt. Das war doch nicht möglich! Miri gehörte nach Tannenbach, zu Flora, ihrer besten Freundin, zum Reiterhof und hierher neben sie ins Klassenzimmer. Flora schüttelte den Kopf, immer noch fassungslos über Miris Worte. Sie kam sich vor wie in einem bösen Traum. Wenn es doch nur so wäre!

3

Lauter wirres Zeug im Kopf

Der Vormittag zog sich dahin wie Kaugummi. Flora fiel es schwer, dem Unterricht zu folgen. Sie konnte sich einfach nicht konzentrieren und schaffte es nur mit Mühe, sich wenigstens die Hausaufgaben aufzuschreiben. Auch Lea und ein paar andere Freundinnen aus der Klasse bekamen mit, dass mit Miri was nicht stimmte. Ganz bedrückt standen die Mädchen in der Pause zusammen.

»Vielleicht überlegen es sich deine Eltern noch mal«, meinte Flora. »Wenn sie sehen, wie todunglücklich du bist, kann ihnen das doch nicht egal sein.«

»Ja, wir haben bisher noch gar nicht richtig darüber gesprochen«, erwiderte Miri. »Sie haben gemeint, eigentlich wäre das überhaupt nicht für meine Ohren bestimmt gewesen. Doch da sind sie selbst schuld, hätten sie eben die Küchentür zugemacht.«

»Ist das alles denn schon sicher?«, fragte Lea ungläubig.

»Na ja, der Chef hat meinen Vater gefragt, weil in Südafrika eine Stelle frei wird«, erklärte Miri. »Aber er muss das mit den Leuten vor Ort erst abklären.«

»Vielleicht sagen die ja Nein!«, rief Flora.

Miri zuckte mit den Schultern. »Ja, könnte sein. Auf jeden Fall sage *ich* Nein!«

»Und wir auch!«, bekräftigte Flora und legte den Arm um Miri. Zumindest war noch nichts entschieden. Vielleicht bestand ja doch Hoffnung!

Als sie gemeinsam mit Lea nach der Schule zum Reiterhof radelten, war Flora froh, dass die Filmaufnahmen sie auf andere Gedanken brachten. Sonst wären vermutlich den ganzen Nachmittag nur Miri und Giraffen durch ihren Kopf gespukt. Und auch Miris Miene hellte sich auf, als sie den Stall erreichten und ihr Blick auf den Biertisch fiel, den Sarah im Schatten der Hauswand aufgestellt hatte. Auf einer grünweiß karierten Tischdecke standen dort belegte Brötchen, Schüsseln mit kleinen Tomaten, Knabberzeug und Getränke für sie bereit. Hungrig machten sich die drei mit noch ein paar anderen Kindern vom Stall darüber her.

»Esst so viel ihr könnt, denn heute braucht ihr Power«, ermunterte Sarah sie.

Das ließen sich die Mädchen nicht zweimal sagen und schnell leerten sich die Platten. Dann gingen Flora, Miri und Lea zu Dusty, der ihnen schon von Weitem zuwieherte.

»Oh, das wird dauern«, seufzte Flora mit einem Blick auf Miris Pony, dessen Fell von einer dicken Staubschicht bedeckt war. Überall in Mähne und Schweif steckten Stroh und Sägespäne. »Sieht so aus, als ob er sich den ganzen Vormittag gewälzt hätte.«

»Ausgerechnet heute«, jammerte Miri und schnappte sich seufzend die Putzkiste.

»Kein Problem, wir sind doch zu dritt. Einer vorne, einer in der Mitte, einer hinten«, beschloss Lea voller Tatendrang. Und zu dritt ging es dann wirklich ganz

flott. Bald schimmerte Dustys Fell wie Seide. Zum Schluss flochten sie noch kleine Zöpfchen in Mähne und Schweif. Dusty schien zu spüren, dass heute ein besonderer Tag war, denn normalerweise wurde er mittags nicht so hübsch gemacht. Und dann noch von drei Mädchen gleichzeitig! Mit hoch erhobenem Kopf stolzierte er neben Miri durch die Stallgasse.

»Dusty sieht ja aus wie ein Star«, meinte Sarah, die zwei Männer und eine Frau im Schlepptau hatte. »Das hier sind die Leute von *LandTV«,* erklärte sie. »Genauer gesagt, Monika Brinkhaus, die Moderatorin der Sendung ›Schönes Land‹, Thomas, der Kameramann, und Ben, der Assistent.«

»Oder auch Mädchen für alles«, erklärte der junge Mann mit den dunklen Locken und den braunen Augen lächelnd.

Die Mädchen stellten sich ebenfalls vor und als die Moderatorin das Zaumzeug in Miris Hand bemerkte, fragte sie: »Könnten wir draußen filmen, wie die Pferde startklar gemacht werden? Dann bekommen wir den Hof mit drauf und haben gleichzeitig eine Überleitung zum Ausritt.«

»Ja, natürlich«, erwiderte Sarah sofort. »Geht doch schon mal vor, Kinder. Ich hole schnell Donata.«

Die Mädchen führten Dusty nach draußen, während Thomas eine Kamera aus einem blauen Kombi holte, auf dem in leuchtenden Buchstaben *LandTV* stand. Ben zog ein Ungetüm aus schwarzem Stoff heraus, das aussah wie eine Satellitenschüssel. Er stellte sich neben die Moderatorin und Thomas dirigierte ihn ein bisschen hin und her, bis dank der Schüssel das Licht passte. Frau Brinkhaus warf noch einen letzten prüfenden Blick in ihren Handspiegel, puderte sich kurz das Gesicht und dann erzählte sie vom Reiterhof und dem geplanten Ausritt. Anschließend wurde Miri beim Trensen gefilmt. Dreimal musste sie alles wiederholen, weil immer irgendetwas nicht passte. Beim ersten Mal war es das Motorengeräusch, als Nathalie gebracht wurde. Flora stöhnte innerlich. Da hätte sie drauf verzichten können. Der abschätzige Blick, mit dem Nathalie die Szene betrachtete, sprach Bände. Aber Flora wusste, dass sie natürlich liebend gern an Miris Stelle gewesen wäre.

»Tsss, *LandTV* … Wen interessiert denn so ein Oma-Quatsch im Vorabendprogramm?«, raunte Nathalie Emilie zu. Flora fiel jedoch auf, dass Ben Nathalie sehr wohl zu interessieren schien. Sie ließ ihn nicht aus den Augen und als er einmal die Lichtschüssel höher halten sollte, war sie es, die sofort loslief, um ihm eine Trittleiter aus der Sattelkammer zu bringen. Auf Bens

Dankeschön flötete sie nur: »Kein Problem, immer gern!«

Sie strich sich die Haare zurück und schaute ihn mit einem Lächeln an, das sie wohl für unwiderstehlich hielt. Lea warf Flora heimlich einen Kussmund und einen besonders schmachtenden Augenaufschlag zu. Um ein Haar hätte Flora laut losgelacht. Sie ahnte, dass Nathalie Ben für den Rest des Mittags dicht auf den Fersen bleiben würde. Und damit sollte sie recht behalten.

In sicherem Abstand, um nicht ins Bild zu kommen, folgten die Mädchen der Filmmannschaft in den Wald. Mehrmals mussten Sarah und Miri Frau Brinkhaus entgegenreiten, die sie jedes Mal mit demselben strahlenden Lächeln empfing. Dabei erzählte sie den Zuschauern von den schönen Dörfern ringsrum, der Ruine im Wald, dem alten Kloster ...

»Früher war das hier eine wohlhabende Gegend mit wichtigen Handelsstraßen und blühendem Geschäftsleben«, erklärte Frau Brinkhaus. »Heute wird so manches aus der Vergangenheit wieder zum Leben erweckt, wie das alte Backhäuschen oder die Seifensiederei, in der nicht nur Seife, sondern auch selbst gemachte Pralinen verkauft werden. Ich kann Ihnen versprechen: Jede für sich eine kleine, köstliche Sensation!«

Das würden die Zuschauer alles noch zu sehen kriegen, meinte Frau Brinkhaus, aber zuerst sollte die wunderschöne Landschaft ins Bild kommen. Und dafür brachte Thomas sogar eine Drohne zum Einsatz! Die Pferde tänzelten anfangs nervös herum, als sie sich mit Gebrumm in die Luft schraubte, doch nach einer Weile hatten sie sich an das seltsame Flugobjekt gewöhnt. Und aus dessen Sicht sah alles noch viel, viel schöner aus. Die schimmernden Fellfarben der Pferde vor den dunkelgrünen Tannen, das glitzernde Wasser des Bachs, der sich wie ein hüpfendes Band durch die Wiesen schlängelte und die Apfelbäume mit ihren rot glänzenden Früchten, die von oben wie kleine Sträuße aussahen. Flora konnte die Augen kaum vom Display wenden, auf dem Thomas ihnen die Aufnahmen zeigte. Am liebsten hätte sie einfach die Arme ausgestreckt und wäre losgeflogen. Hätte sich vom Wind tragen und die Augen schweifen lassen, wäre dahingeglitten, während unter ihr alles kleiner und sie immer leichter wurde …

Sehnsüchtig blickte Flora zum Himmel, doch da nahm sie eine Bewegung wahr. Ein Vogel kreiste plötzlich über ihren Köpfen, glitt tiefer und Flora erkannte – Goldwing! Niemand außer ihr schien die Eule zu bemerken, die anderen starrten nur auf das

Display. Aber Floras Blick folgte Goldwing, die mit ruhigen Flügelschlägen dahinsegelte. Sie erinnerte sich, wie sie selbst mit ihr geflogen war. Wie ihre Eule sie auf den Flügeln getragen und Flora sich so frei gefühlt hatte. Es gab einfach nichts Schöneres! Auch wenn sie beide nicht wussten, wie das genau funktionierte. Aber sie waren tatsächlich von der Blauseehöhle ins Reich der Zaubereulen geflogen. Weil sie dort gebraucht wurden. Da kam Flora plötzlich ein Gedanke. Vielleicht brauchte *sie* ja jetzt die Hilfe der Zaubereulen? Für Miri! Konnten sie nicht irgendwas tun, falls Miri wirklich nach Afrika musste? War es nicht möglich, dass sie Flora mithilfe einer geheimen Zaubermacht von Athenaria zu Miri beamten? Sie irgendwie in Luft auflösten und bei Miri dann wieder Flora werden ließen? Das hatte sie mal in einem Film gesehen, da ging das mit so einer Zaubermaschine. Die vier Herrscherinnen waren doch sicher genauso mächtig wie diese Maschine. Konnten sie auch noch ein Pferd mitbeamen? Miri würde Dusty bestimmt furchtbar vermissen. Wer würde sich überhaupt um ihn kümmern? Da kam natürlich nur einer infrage: Flora! Dann war es ein bisschen so, als ob er *ihr* Pferd wäre. Sie wünschte sich ja sowieso schon lange ein eigenes Pferd.

Aber was spukte ihr da eigentlich für wirres Zeug durch den Kopf? Bei Miri war ja noch gar nichts entschieden und sie überlegte sich solche Sachen! Dabei wünschte Flora sich doch nur, dass alles so blieb, wie es war. Miri in Tannenbach, sie beide gemeinsam auf dem Reiterhof, keine Beamerei ... Konnte dieser Wunsch denn nicht in Erfüllung gehen?

4

Einfach mal wieder fliegen …

Es war schon ziemlich spät, als Flora endlich zu Hause war.

Das Filmteam hatte zusätzlich ein paar Aufnahmen im Stall gemacht. Dann konnten sie einige hübsche Pferdebilder einspielen, falls es in der Sendung noch Lücken gab.

Nathalie hatte es tatsächlich geschafft, dafür den Kameramann und Ben zu Aurora zu lotsen. »Ist sie nicht wunderschön?«, hatte sie geflötet. Das war wirklich megapeinlich gewesen. Wenn Aurora tatsächlich ins Fernsehen kam, war jetzt schon klar, dass sie sich das alle wochenlang anhören durften.

Kaum hatte Flora die Wohnungstür geöffnet, kam ihr Felix entgegengestürmt.

»Und, wie war's?«, wollte er wissen. »Wurdest du auch gefilmt?«

»Nur mal kurz, als Sarah und Miri vom Ausritt zurückgekommen sind«, erklärte Flora. »Da standen wir auf dem Hof und haben ihnen entgegengewinkt.«

»Mama, Flora kommt ins Fernsehen!«, rief Felix und stürmte in die Küche, wo ihre Eltern schon beim Abendessen saßen. Flora musste natürlich alles haargenau erzählen und ihre Familie staunte, wie viel Arbeit hinter so einem kleinen Beitrag steckte. Dabei stand der Sendetermin noch nicht einmal fest.

»Aber Sarah wird rechtzeitig benachrichtigt«, sagte Flora. »Sie hat alle eingeladen, sich die Sendung gemeinsam bei ihr anzuschauen. Und danach gibt's noch Pizza.«

»Das ist ja nett«, meinte Frau Faltin. »Wir schauen uns das natürlich auch an.«

»Genau, schließlich sieht man seine Tochter nicht alle Tage im Fernsehen«, erklärte Herr Faltin und fügte verschmitzt hinzu: »Flora Superstar!«

Flora grinste. »Tja, ein Superstar muss sicher keine Hausaufgaben machen«, meinte sie und versuchte, möglichst hochnäsig zu klingen, während sie sich mit gekünsteltem Augenaufschlag die Haare aus dem Gesicht strich.

Alle lachten und jeder versuchte, sich noch eingebildeter aufzuführen. Da hätte selbst Nathalie was lernen können!

Als Flora sich abends mit Goldwing im Garten traf, sah sie schon von Weitem die Zweige wackeln. Ihre kleine Zaubereule trippelte aufgeregt auf einem der unteren Äste herum und streckte Flora die Flügel entgegen. Was das heißen sollte, war sonnenklar. Schnell zog Flora den Eulenring aus ihrer Hosentasche, sprach die magischen Worte und schon Sekunden später saß Goldwing da in ihrer Zaubergestalt. Wie ein geheimnisvolles Licht schimmerten ihre Federn in der sternklaren Nacht.

Bevor Flora fragen konnte, was los war, platzte Goldwing heraus: »Stell dir vor, gestern Nacht war Aspiro da!«

»Wirklich? Warum denn?« Flora wunderte sich. Die Helfereule wurde von den Herrscherinnen normalerweise geschickt, wenn Flora und Goldwing Unterstützung brauchten. Als Zaubereule und Eulenfreundin mussten sie anderen helfen, die in Not waren, und das schafften sie manchmal nicht alleine. Aber gerade brauchte gar niemand ihre Hilfe. Oder hatte Aspiro nur eine Nachricht überbracht?

»Er hat alle Federlandeulen zusammengetrommelt, um ›ein bisschen zu üben‹ und uns auf unsere Aufgaben vorzubereiten«, fuhr Goldwing da fort. »Das war ganz schön anstrengend.«

Goldwing schüttelte die Flügel, als wollte sie Lockerungsübungen machen. Flora lächelte. Da wäre sie ja zu gerne dabei gewesen. Aber es war toll, dass die Eulen gemeinsam übten. Als Teil eines Teams aus Zaubereulen und ihren Freunden sollten sie nämlich Athenaria helfen. Dort mussten dringend die Zauber der Ureule erneuert werden, und zwar mithilfe der

Magie von *Federland,* dem neuen Zauberreich. Flora konnte es kaum erwarten, dorthin zurückzukehren und ihre große Aufgabe anzugehen. Dann waren gut trainierte Zaubereulen sicher sehr nützlich.

»Und was habt ihr gelernt in eurer ersten Stunde?«, erkundigte sie sich.

»Den Sturzformationsflug!«, verkündete Goldwing und reckte stolz die Brust vor.

»Was ist das denn?«, fragte Flora.

»Da fliegen wir alle in einer Reihe von ganz weit oben los und drehen dann ein paar Meter über dem Boden ab«, erklärte Goldwing. »Alle nach links oder alle nach rechts. Man muss wirklich höllisch aufpassen, dass man nicht zusammenstößt. Vor allem, wenn man wie Hupsi gern ein bisschen aus der Reihe tanzt.«

Flora schmunzelte. Das passte zu dem kleinen Elfenkauz. Hupsi hatte wirklich ihren eigenen Kopf. Und war ganz anders als der Brillenkauz Klaro oder Nordis, die coole Schneeeule. Aber wie Dareia gesagt hatte, jeder brachte *seine* Fähigkeiten in dieses neue Team ein und nur diese Mischung machte es stark.

»Na ja, für Hupsi ist so ein Flug auch am schwierigsten, weil sie viel leichter ist als wir und deswegen langsamer«, räumte Goldwing nun ein. »Am Schluss hat es dann ein paar Mal ganz gut geklappt. Aspiro meint, wir sollen dranbleiben und weiterüben.« Sie trippelte ein bisschen näher und legte den Kopf schief: »Eigentlich könnten wir den Sturzformationsflug ja mal bei Nathalie ausprobieren?«

Flora lachte laut auf und legte schnell die Hand auf den Mund. Nicht, dass sie noch jemand hörte. Aber die Vorstellung von Nathalies Gesicht, wenn da fünf Eulen auf sie zurasten, war einfach zu lustig.

»Super Idee«, stimmte sie Goldwing zu. »Das würde sogar ihr vielleicht mal die Sprache verschlagen. Du hättest sie heute mal wieder hören sollen …« Flora seufzte und schüttelte den Kopf. »Eigentlich fand sie diese Filmaufnahmen nur langweiligen Quatsch. ›Wer schaut sich denn schon das Vorabendprogramm an?‹«, äffte sie Nathalies Stimme nach. »Dabei war sie bloß neidisch, dass Sarah Miri und nicht sie ausgewählt hat. Ich hatte schon gehofft, sie kommt gar nicht. Aber dann stand sie plötzlich doch da und hatte nur noch Augen für diesen Assistenten, Ben. Du hättest mal sehen sollen, wie sie ihn angeschmachtet hat. Echt peinlich!«

»Klingt nach Nathalie in Höchstform. Das hab ich gar nicht mitbekommen«, meinte Goldwing. »Ich hab mehr auf dieses Brummdings geachtet. Was war denn das für ein komischer Vogel?«

Flora lachte. »Diesen Vogel nennt man Drohne. Damit kann man Filmaufnahmen machen. Sich zum Beispiel an Sarah und Miri ganz nah ranzoomen und dann von ihnen wegfliegen. Bis sie immer kleiner werden und man nur noch Wald und Wiesen sieht. Thomas, der Kameramann, hat's uns gezeigt. Das war toll! Und ich habe mir plötzlich so gewünscht, auch zu fliegen. Goldwing, meinst du nicht, wir könnten mal wieder …«

Flora sprach den Satz nicht zu Ende, sondern schaute Goldwing nur flehend an. Doch sie wusste schon, was ihre Eule sagen würde.

»Du weißt doch, dass wir das nur dürfen, wenn wir in Athenaria gebraucht werden«, lautete prompt Goldwings Antwort.

Flora verzog missmutig den Mund. »Immer müssen wir den Herrscherinnen gehorchen«, beschwerte sie sich. »Sie könnten mir doch auch mal einen Wunsch erfüllen.« Dabei fiel ihr Miri ein. Und ihre Idee, wie sie sie vielleicht in Afrika besuchen könnte. Doch Goldwing wusste ja noch gar nichts von dem Jobangebot für Miris Vater. Als Flora ihr davon erzählte, bekam sie vor Schreck ganz große Augen.

»Das wäre ja furchtbar«, meinte sie und legte mitfühlend einen Flügel auf Floras Hand. »Aber vielleicht kommt es gar nicht so weit«, fügte sie dann leise hinzu.

»Und wenn doch?« Flora spürte beim Gedanken daran sofort wieder einen dicken Kloß im Hals. »Goldwing, meinst du, die Herrscherinnen können mich von Athenaria nach Afrika beamen?«

Goldwing schaute Flora an, als ob sie Chinesisch sprach. »Sie sollen *was?«* Da erzählte ihr Flora von dem Film mit der Zaubermaschine, mit der man sich von einem Ort zum anderen beamen lassen konnte. Und dass doch auch sie sich durch irgendeine besondere Magie in Luft auflösen und dann bei Miri wieder Flora werden könnte. Sie wusste, dass sich das völlig verrückt anhörte, aber schließlich war es auch völlig verrückt, dass Eulen zaubern konnten.

Wie gut, dass es beste Freundinnen wie Goldwing gab, denen man alles erzählen konnte, selbst die abwegigsten Gedanken.

Nachdem Flora fertig war, saß Goldwing nur da und schaute kopfschüttelnd vor sich hin. »Ich glaube nicht, dass die Herrscherinnen Wünsche erfüllen. Stell dir mal vor, das müssten sie bei jeder Zaubereule und ihrem Eulenfreund tun. Da hätten sie für ihre eigentlichen Aufgaben gar keine Zeit mehr.«

»Aber fragen könnten wir!«, beharrte Flora. »Wir haben schließlich nichts zu verlieren. Und die Herrscherinnen werden sicher verstehen, wie traurig ich bin. Vielleicht helfen sie mir ja dann?«

Goldwing nickte. »Fragen können wir, aber selbst wenn sie wollten, kann ich mir nicht vorstellen, dass sie in der Lage sind, Leute durch die Welt zu beamen.«

Flora seufzte. Wahrscheinlich war das wirklich alles zu abwegig. »Wenn ich wenigstens mal wieder mit dir fliegen könnte«, meinte sie mit einem sehnsüchtigen Blick in den Himmel.

Jetzt da oben bei den Sternen zu sein, durch dieses Glitzermeer zu schweben, den Wind zu spüren …

»Ich denke oft an dich, wenn ich unterwegs bin«, gestand Goldwing leise, die Floras Blick gefolgt war. »Wenn ich nachts dahinten über den Obstwiesen meine Kreise ziehe, rüberschaue zu deinem Zimmer … In meinem Herzen bist du immer dabei, Flora. Auch beim Fliegen. Und wenn dich mal wieder die Sehnsucht danach packt, mach die Augen zu und denk dran: Du bist bei mir!«

»Ach, Goldwing!«, flüsterte Flora und drückte ihrer kleinen Eule einen Kuss auf den Kopf. »Das werde ich, versprochen.«

Und als sich Flora wenig später in ihr Kissen kuschelte, hielt sie Wort. Sie stellte sich vor, wie Goldwing nun über die Wiesen glitt. Und wie sie sich gefühlt hatte, als sie mit ihr nach Athenaria geflogen war. Mit diesem Kribbeln im Bauch, das bei jedem Aufsteigen oder Herabsinken stärker geworden war. Wie sie den Wind auf der Haut gespürt hatte, der aber gar nicht kalt gewesen war … wie klein ihr die riesigen alten Bäume vorgekommen waren … Mit einem Mal fühlte sich Flora wie von der Luft getragen, sanft glitt sie dahin. Als ob sie wirklich mit Goldwing fliegen würde, dachte sie noch. Und dann war sie eingeschlafen.

5

Stella und Marib

Als Flora morgens verschlafen am Frühstückstisch erschien, stand ihre Mutter am Kühlschrank, während ihr Vater auf einer langen Einkaufsliste herumkritzelte.

»Guten Morgen«, nuschelte Flora und schnappte sich ein Stück Brot.

»Guten Morgen«, erwiderten ihre Eltern beinahe im Chor und strahlten Flora an.

Flora fragte sich mal wieder, wie man so früh so gute Laune haben konnte. Aber eigentlich war es gar nicht mehr früh, denn es war Samstag und Flora hatte länger geschlafen. Ihre Mutter war schon auf dem Sprung zum Hofladen, wo bestimmt einiges los sein würde. Heute hatten die Leute Zeit zum Einkaufen und deckten sich gern mit leckerem Obst und frischem Gemüse fürs Wochenende ein.

»Ich bin um 13 Uhr zurück und dann starten wir«, sagte Frau Faltin und gab ihrem Mann zum Abschied einen Kuss. Flora verzog das Gesicht. Iiihhh!

»Wohin denn starten?«, fragte Felix, der nun als Letzter in der Küche erschien.

»Nachdem die schöne Gegend rund um Tannenbach sogar im Fernsehen gezeigt wird, dachten wir, wir sollten ein bisschen mehr davon kennenlernen«, erklärte Herr Faltin und legte den Arm um Felix. »Deswegen machen wir heute eine Fahrradtour, nach Grünhausen!«

»O ja, super!«, freute sich Felix und schlang die Arme um Herrn Faltins Bauch. »Können wir nicht gleich los?«

Herr Faltin schüttelte den Kopf. »Zuerst müssen wir noch einkaufen und dann ein bisschen eure Zimmer aufräumen.«

»Ach nee!«, maulte Flora. »Ich wollte mich mit Miri auf dem Reiterhof treffen.«

»Also heute ist mal ein pferdefreier Tag«, sagte Frau Faltin mit Nachdruck, während sie in ihrer Tasche nach dem Autoschlüssel suchte. »Du warst in letzter Zeit mehr dort als zu Hause. Miri schafft das sicher auch allein mit Dusty.«

Floras Gesicht verdüsterte sich. »Klar, aber wir wollten halt was zusammen machen.«

»Frag sie doch, ob sie mitkommen möchte«, schlug ihr Vater vor. »Dann kann sie Dusty versorgen, während wir einkaufen, und kommt danach zu uns. Der Tag heute ist doch perfekt für eine Radtour.«

Flora schaute durch das Küchenfenster mit seinen rot-weiß karierten Vorhängen. Draußen strahlte die Sonne vom tiefblauen Himmel, nicht eine Wolke war zu sehen. Flora wäre mit Miri viel lieber bei den Pferden gewesen oder hätte mit ihr im Garten gelegen, aber sie wusste, ihre Eltern würden nicht mit sich reden lassen.

»Okay, ich kann sie ja mal fragen«, sagte sie und schnappte sich das Telefon.

Miri war gleich am Apparat, klang jedoch nicht sehr begeistert.

»Eine Fahrradtour?«, fragte sie zögerlich. »Ich glaube, es wird ganz schön warm heute.«

»Ich weiß, aber ich *muss* mit«, erwiderte Flora. »Wenn du dabei wärst, wäre es viel schöner«, fügte sie leise hinzu. Da zögerte Miri keine Sekunde.

»Alles klar«, antwortete sie. »Ich geh zu Dusty, danach ziehe ich mich um und komme zu euch.«

»Wie toll!«, freute sich Flora. Miri war wirklich eine super Freundin. Sogar eine langweilige Fahrradtour nahm sie für Flora auf sich.

Doch als sich die Faltins mit Miri später auf den Weg machten, war es eigentlich gar nicht so schlimm.

Auf einem Schotterpfad, der dem sich dahinschlängelnden Fluss folgte, fuhren sie an Obstwiesen und Getreidefeldern vorbei. Felix lieferte sich mit Herrn Faltin kleine Wettrennen und die beiden waren schon ein ganzes Stück voraus. Flora genoss es, dass sie mit Miri hier hinten ihre Ruhe hatte. Ein leichter Wind strich ihr ums Gesicht und trug den würzigen Duft von frisch gemähtem Gras in ihre Nase. Nach dem Gedränge und der stickigen Luft im Einkaufszentrum war das hier richtig erfrischend, musste sie zugeben. Der Kies knirschte unter den Reifen der Fahrräder, während Miri vom Reiterhof erzählte. Dort hatte Nathalie heute morgen herumgeprahlt, wie begeistert die Fernsehleute von Aurora gewesen waren und dass sie unbedingt Aufnahmen von ihr hatten machen wollen. Dabei stimmte das gar nicht.

»Schaut mal, ist das nicht hübsch?«, wurden sie da von Frau Faltin unterbrochen, die abgebremst hatte und zu einem Häuschen deutete, das etwas abseits vom Weg in den Wiesen stand. »Das ist mir früher schon mal aufgefallen. Irgendwie hat es was Verwunschenes, findet ihr nicht?«

Flora und Miri musterten das alte Haus mit dem

windschiefen Dach und den schmalen Fenstern. Hinter dem brüchigen Zaun des Vorgartens wuchsen Rosen in allen Farben, die weiter hinten an Spalieren die Hauswand hochkletterten. Wie wunderschön sie aussahen, mit glänzend grünen Blättern und weit ausladenden Zweigen.

»Ja, es hat wirklich was Verwunschenes«, bestätigte Miri und auch Flora nickte.

»Sogar mit Koppel.« Sie zeigte in Richtung des abgetrennten Wiesenstücks auf der Rückseite des Hauses.

»Nur ohne Pferd«, stellte Miri fest. »Vielleicht ist es drin?« Prüfend musterte sie den Schuppen im hinteren Teil der Koppel.

»Ob es ihr gehört?« Damit meinte Flora das Mädchen, das bäuchlings über dem Gartentor hing und dem Quietschen der verrosteten Angeln lauschte. Ihr langer blonder Pferdeschwanz baumelte in der Luft und Flora schätzte sie ungefähr gleich alt wie ihren Bruder. Das Mädchen war so versunken in die Betrachtung des Bodens, dass es sie gar nicht bemerkt hatte.

Floras Mutter jedoch stieg ab und sagte dem Kind freundlich »Hallo«.

Das Mädchen sah verwundert auf und grüßte zurück. Und obwohl sie kurz lächelte, sahen ihre Augen traurig aus, dachte Flora.

»Die Rosen sind wunderschön«, schwärmte Frau Faltin. »So viele verschiedene Sorten – das sieht man selten.«

Zögerlich trat das Mädchen durchs Gartentor und

kam näher. »Die haben meinem Opa gehört.« Sie ließ ihren Blick über die Blüten wandern und seufzte. »Er hat sich so viel drum gekümmert und mir alles erklärt. Wie sie heißen, wie man sie zurückschneidet ... Manchmal hat er sie auch bloß angeschaut und sich daran gefreut. Aber wer weiß, wie lange sie noch so schön sind.«

»Wie meinst du das?«, fragte Flora verwundert.

Das Mädchen guckte auf seine Füße – ja, es sah wirklich traurig aus. »Mein Opa ist vor ein paar Tagen gestorben und meine Eltern möchten das Haus verkaufen. Sie sagen, für uns sei es zu klein und sowieso viel zu alt. Vielleicht wird es auch abgerissen.« Die Stimme des Mädchens hatte bei den letzten Worten ziemlich brüchig geklungen.

»O nein!«, entfuhr es Flora. Dieses nette Häuschen sah aus wie im Märchen von Dornröschen, wo auch alles mit wunderschönen Rosen zugewuchert gewesen war. Das konnte man doch nicht einfach abreißen!

»Wie traurig. Das tut mir sehr leid«, sagte Frau Faltin und auch Miri nickte mitfühlend.

Das Mädchen strich gedankenverloren über das Moos, das die Spitzen des morschen Gartenzauns bedeckte.

»Ja, das wäre schrecklich«, erwiderte sie. »Mein Opa wollte immer, dass es hier blüht und wächst. Sogar das Moos da, das andere wie Unkraut längst weggemacht hätten. Aber er hat gesagt, auch das hat seine Aufgabe. Bei Vögeln würde es das Nest auspolstern, die Jungen schützen. Und eine schöne Löwenzahnblüte freut die Bienen. So sei alles auf seine Weise wichtig. Aber was wird daraus, wenn es das Haus nicht mehr gibt? Ich kann mir das gar nicht vorstellen. So oft war ich bei meinem Opa! Meine Eltern arbeiten nämlich viel und mein Opa hat immer gesagt: ›Wenn dir langweilig ist, Stella, schau einfach vorbei.‹ Wir wohnen nicht weit von hier, in Grünhausen, und ich konnte mit dem Fahrrad sogar alleine herfahren. Meine Eltern haben sich gewundert, was wir beide immer machen, denn sie fanden meinen Opa ziemlich eigenbrötlerisch. Mit ihnen hat er auch nie viel geredet, aber ich habe mich super mit ihm verstanden. Und natürlich auch mit Marib.«

»Wer ist Marib?«, wollte Flora wissen.

»Na, das Pferd meines Opas«, erklärte Stella, als ob das die klarste Sache der Welt wäre.

»Aha, deswegen die Koppel«, murmelte Miri. »Ist er im Schuppen?«

»Das ist ja das Schlimme, Marib ist seit zwei Tagen verschwunden!«

Stella wandte schnell den Blick ab, aber Flora war nicht entgangen, dass ihr sofort Tränen in die Augen stiegen.

Mit einem Mal fiel ihr der Anruf bei Sarah wieder ein. Natürlich! Das war bestimmt wegen Marib gewesen. So oft verschwanden schließlich keine Pferde.

»Und seither wurde er nirgendwo gesehen?«, fragte Flora vorsichtig.

»Ein herumirrendes Pferd muss doch auffallen«, meinte auch Frau Faltin.

Stella nickte. »Ja, vor allem ein so wunderschöner Araberhengst. Aber Marib ist wie vom Erdboden verschluckt. Meine Eltern, ich, die Nachbarn hier – wir haben überall gesucht, alle Leute informiert, auch die Polizei, aber keiner hat ihn gesehen.«

»Bestimmt war Marib genauso traurig wie du, dass dein Opa gestorben ist«, sagte Flora leise. »Vielleicht ist er deswegen weggelaufen?«

»Kann schon sein, aber wie soll er denn allein klarkommen?« Stella klang richtig verzweifelt. Schnell wischte sie sich eine Träne von der Backe. »Was ist, wenn er nicht genug zu fressen findet? Oder wenn er vor ein Auto rennt? Vielleicht hat er sich sogar verletzt und kann nicht mehr laufen?«

Da ließ ein schriller Pfiff alle zusammenfahren. Sie schauten den Weg entlang, wo Herr Faltin und Felix warteten und die drei mit fuchtelnden Bewegungen zu sich winkten.

»Wir müssen leider weiter, Stella«, sagte Frau Faltin.

»Aber wir halten auf jeden Fall die Augen offen«, versprach Miri.

»Augen *und* Ohren!«, bekräftigte Flora. »Wo wohnst du denn? Damit wir dir Bescheid sagen können, falls wir was erfahren.«

»Kastanienweg 15, nach dem Bäcker die nächste Straße links«, erklärte Stella. »Bei Lorenz klingeln.«

»Alles klar, machen wir«, versprach Miri und stieg auf. Auch Frau Faltin und Flora schwangen sich in den Sattel. Sie wünschten Stella Glück, dann radelten sie los. Als Flora sich nach ein paar Metern noch mal umdrehte, stand Stella immer noch da und schaute ihnen hinterher. Wie einsam sie aussah in ihrem geringelten Kleidchen mit den dunkelblauen Leggings drunter. Stella tat Flora so leid. Schlimm genug, dass ihr Opa gestorben war. Und nun auch noch die Angst um Marib. Flora brannte darauf, Goldwing alles zu erzählen.

Sie wusste schon jetzt, dass auch sie Stella unbedingt helfen wollte. Und wer könnte das besser als eine Eule mit Zauberkräften?

6

Cafégeschichten

Eine Zeitlang radelten Flora und Miri schweigend nebeneinander her und schon bald kamen die ersten Häuser von Grünhausen in Sicht. Die rot glänzenden Giebel drängten sich in die breite Schlaufe, mit der der Fluss das Dorf umfing. Ein paar Graugänse watschelten schnatternd über den saftig grünen Wiesenstreifen neben dem Radweg. Das alles sah so hübsch aus, als ob man durch eine Postkarte fuhr, dachte Flora.

Als sie Grünhausen erreichten, folgten sie der Straße direkt bis zum Marktplatz, in dessen Mitte ein Kastanienbaum stand. Seine ausladenden Zweige erstreckten sich weit über die hellen Pflastersteine und spendeten den Leuten auf den Bänken darunter Schatten. Die Läden rund um den Platz hatten bereits geschlossen, nur vor einer Bäckerei waren noch ein paar Tische besetzt.

»Schaut mal, da ist das Backhäuschen, von dem habe ich schon gehört«, sagte Frau Faltin. Sie deutete auf ein weiß getünchtes Haus, aus dessen Schornstein dicker Qualm stieg.

»Samstags ist dort immer Betrieb«, erklärte Frau Faltin. »Wir müssen unbedingt mal kurz reinschauen.«

»O Mann!«, stöhnte Felix und verdrehte die Augen. »Was gibt es da schon zu sehen?«

»Komm, nur ganz kurz«, beschwichtigte Herr Faltin und schob Felix sanft in die gewünschte Richtung. Schon von Weitem schlug ihnen ein verführerischer Duft entgegen und Floras Magen fing an zu knurren. Als sie den kleinen Raum betraten, schnappte sie erst mal nach Luft. Der große steinerne Ofen gab eine unglaubliche Hitze ab. Eine Frau mit weißer Schürze holte gerade mit einem Holzschieber einen dampfenden Laib Brot heraus. Geschickt ließ sie ihn auf ein Blech zum Abkühlen gleiten.

Mit einem freundlichen Lächeln begrüßte sie die Besucher und beantwortete Frau Faltin bereitwillig alle Fragen. Doch schon nach kurzer Zeit wurde Felix unruhig und schaute sehnsüchtig auf das Metallgestell an der Wand, in dem die duftenden Brote lagen.

»Können wir nicht eins kaufen?«, flüsterte er seinem Vater zu. »Ich habe solchen Hunger.«

Die nette Dame schmunzelte. »Hier drin bekommt jeder Hunger. Aber die Brote sind noch zu warm. Da drüben in der Bäckerei könnt ihr eins kaufen.«

»Los, das machen wir«, drängte Felix und zog seinen Vater nach draußen. Auch die Mädchen wollten an die frische Luft und Frau Faltin versprach, gleich nachzukommen.

»Können wir nicht auch noch ein Eis essen?«, bettelte Felix. »Mir ist so heiß!« Flehend wie ein Hundewelpe schaute er seinen Vater an.

Herr Faltin lachte. »Wer könnte bei diesem Blick Nein sagen?«

»Juhu!«, freute sich Felix und auch Flora und Miri strahlten. Sie steuerten den ersten freien Tisch an, der ganz am Rand vor der Bäckerei stand.

Kurz darauf kam auch Frau Faltin und nur wenig später stellte die Bedienung drei große Kindereisbecher auf den Tisch. Mit Sahne und Schokolinsen drauf.

»So lässt sich’s leben«, meinte Herr Faltin und schlürfte genüsslich an seinem Eiskaffee. Da konnten alle nur zustimmen. Diese Fahrradtour war doch besser als erwartet, dachte Flora.

Eine ganze Weile saßen sie dort gemütlich im Schatten und redeten über die Schule, Felix' Fußballverein und das Waldschullandheim, das in ein paar Wochen stattfinden würde. Vier Tage sollten die Kinder im Wald übernachten, ganz viel über Bäume und Tiere lernen und den Förster bei seiner Arbeit begleiten. Flora und Miri freuten sich schon riesig darauf!

Sie hätten noch lange so sitzen können, aber Floras Eltern drängten zur Heimfahrt. Vorher musste Flora unbedingt noch zur Toilette. Doch kaum trat sie durch die Glastür, blieb sie wie angewurzelt stehen. Vor ihr, nur ein paar Schritte entfernt, saß Nathalie! Sie drehte ihr den Rücken zu, aber Flora hatte sie natürlich sofort an den langen braunen Haaren und ihrem Shirt mit den vielen Glitzerherzen erkannt. Beim Anblick der Frau neben ihr fuhr Flora der Schreck in alle Glieder. Sie sah genauso aus wie die auf dem Foto, das Nathalie nachts so traurig angestarrt hatte! Schon damals war Flora die Ähnlichkeit aufgefallen und die stach ihr auch jetzt ins Auge. War sie wirklich Nathalies Mutter? War sie tatsächlich nach all diesen Jahren wieder aufgetaucht? Auf jeden Fall war das mit Sicherheit der Besuch, von dem Nathalie gesprochen hatte!

Flora stellte sich schnell hinter einen Ständer mit

Prospekten und fing an herumzublättern. Sie konnte jetzt einfach nicht weitergehen, auch wenn man natürlich nicht lauschte.

»Eva war damals noch so jung«, hörte sie die Frau sagen. »Zu jung für ein Kind. Unsere Eltern haben ihr die Hölle heißgemacht. Sie hatten keine Zeit, sich um ein Baby zu kümmern. Deswegen hat sich Eva für die Adoption entschieden. Und ist dann, gleich nachdem sie die Schule fertig hatte, nach Paris gegangen. Und seitdem nie mehr zurückgekommen.« Die Frau machte eine kurze Pause und nippte an ihrer Kaffeetasse, auf der ein Rest Milchschaum schwamm. »Auch ich war lange nicht mehr hier«, fuhr sie fort. »Unsere Eltern sind irgendwann weggezogen. Das Haus wurde verkauft, aber auf dem Dachboden standen immer noch ein paar Kisten. Die musste ich jetzt dringend mal abholen. Und da waren auch Fotos von früher drin. Unter anderem eins von Eva mit dickem Bauch, als sie dich erwartet hat. Ich hab's dir mitgebracht.«

Sie öffnete ihre Handtasche, nahm einen Briefumschlag heraus und streckte ihn Nathalie hin. Zögernd öffnete sie ihn, wobei Flora das feine Zittern ihrer Hände nicht entging. Wie aufgeregt musste sie sein! Auch Flora wurde immer nervöser. Ihr Herz wummerte und sie hatte ein seltsam flaues Gefühl im Magen.

Das lag sicher nicht an ihrem großen Eisbecher. Nein, hier saß Nathalie mit ihrer *Tante!* Und nun würde sie gleich zum ersten Mal ein Bild ihrer Mutter sehen. Die Frau, die sie zur Welt gebracht hatte und dann verschwunden war. Was ging jetzt in Nathalie vor?

»Ich habe Eva natürlich gefragt, ob sie einverstanden ist«, erklärte die Tante, als Nathalie schließlich schweigend auf das Bild starrte.

»Womit?«, fragte Nathalie mit tonloser Stimme, ohne aufzublicken.

»Dass ich mich mal auf die Suche nach dir mache und beim Amt nachfrage. Und auch, dass ich dir dieses Bild gebe.« Die Tante legte eine Hand auf Nathalies Arm und schaute sie mitfühlend an. »Ich weiß, das ist jetzt alles ein bisschen viel.«

Nathalie nestelte nervös in ihren Haaren herum und räusperte sich ein paar Mal, bevor sie fragte: »Wann kann ich ... meine Mutter denn mal sehen?«

Doch ihre Tante schüttelte den Kopf. »Es tut mir leid, aber Eva sagt, sie braucht noch ein bisschen Zeit.«

Nathalies Kopf schoss in die Höhe. »Was soll das heißen? Jetzt habe ich eine Mutter und habe doch keine, wenn sie mich nicht mal kennenlernen will?«

»Doch, das will sie ... natürlich«, beschwichtigte Nathalies Tante. »Das ... das ging jetzt alles sehr schnell. Aber sie wird dich besuchen, ganz sicher. Und eine Tante hast du auf jeden Fall.«

Die Frau drückte Nathalies Hand und zwinkerte ihr zu. Doch Nathalie drehte schnell den Kopf zur Seite und mehr als ein zaghaftes Lächeln konnte Flora nicht erkennen. Sie tat ihr richtig leid. Das war wirklich alles ganz schön viel!

7

Eine Entdeckung im Mondschein

Auf der Heimfahrt war Flora ziemlich schweigsam. Der leise gurgelnde Fluss, die bunt blühenden Wiesen – das alles rauschte nur so an ihr vorbei. Sie musste dauernd an Nathalie denken.

Obwohl sie sich schon oft über sie geärgert und sie mehr als einmal auf den Mond gewünscht hatte, hätte sie ihr gern geholfen.

Aber gleichzeitig wusste sie, dass es da nichts zu helfen gab. Sie konnte schließlich nicht nach Paris fahren und ihre Mutter überreden, sie kennenzulernen. Nein, Nathalie konnte nur warten und versuchen, mit der Entscheidung ihrer Mutter irgendwie klarzukommen. Und das war sicher nicht leicht. Vor allem, wenn man nicht wusste, wie lange man noch warten musste.

»Denkst du auch an Marib?«, fragte Miri und deutete mit dem Kopf nach vorn, wo das Häuschen des Großvaters wieder auftauchte. Stella war wohl mittlerweile nach Hause gegangen, zumindest war sie nirgends zu sehen.

Flora nickte. Leider konnte sie Miri nichts von dem belauschten Gespräch erzählen. Sie wusste ja nicht einmal, dass Nathalie adoptiert war.

»Ich hoffe, dass er bald gefunden wird. Und vor allem, dass er unverletzt ist«, sagte Flora.

»Wir könnten Sarah bitten, mit möglichst vielen in den Wald zu reiten und ihn zu suchen«, schlug Miri vor. »Pferde sind doch Herdentiere. Vielleicht taucht er dann auf, wenn er die anderen hört?«

»Ja, könnte sein«, stimmte Flora zu. »Ein Versuch ist es auf jeden Fall wert.« Insgeheim hoffte sie jedoch, dass sie und Goldwing Marib finden würden. Am besten gleich heute Nacht!

Kaum hatte Flora Goldwing am Abend verwandelt, sprudelte es nur so aus ihr heraus. Aufgeregt erzählte sie von Stella, dem verschwundenen Marib und ihrem belauschten Gespräch im Café.

»Unglaublich, was an einem einzigen Tag alles passieren kann«, meinte Goldwing, die Flora mit großen Augen zugehört hatte. »Und was für ein Zufall, dass Nathalie sich ausgerechnet in dem Café mit ihrer Tante trifft, in dem ihr haltgemacht habt.«

Flora nickte. »Ja, das habe ich auch schon gedacht. Meinst du, das hat irgendwas zu bedeuten? Ist das ein Zeichen, dass wir was unternehmen sollen?«

Goldwing schaute sie nachdenklich an, dann schüttelte sie den Kopf. »Ich glaube, wir können Nathalie nicht helfen. Du könntest ihr ja nicht mal sagen, dass du Bescheid weißt. Aber bei Stella und Marib ist das was anderes. Wir könnten uns auf die Suche machen, gleich jetzt. Und ihn zurückbringen. Dann wäre Stella glücklich.«

»Vorausgesetzt wir finden ihn«, meinte Flora.

»Natürlich finden wir ihn!«, antwortete Goldwing voller Überzeugung. »Meinen scharfen Augen entgeht nichts. Und schon gar kein Pferd!«

Flora lächelte. Ja, Goldwing hatte wirklich superscharfe Augen. Hoffentlich hatte sie recht!

Sie durchkämmten den Wald in der Nähe des Häuschens von Stellas Großvater. Zum Glück war bald Vollmond und die silbernen Lichtstrahlen sorgten dafür, dass Flora zwischen den dunklen Tannen überhaupt etwas erkennen konnte. Doch so sehr sie sich auch umschaute, von Marib gab es weit und breit keine Spur.

»Ich glaube, es ist besser, ich fliege mal ein bisschen höher, da sehe ich mehr«, meinte Goldwing schließlich. »Kann ich dich allein lassen?«

»Ja, klar«, antwortete Flora sofort, auch wenn ihr etwas mulmig zumute war. Aber das Wichtigste war schließlich, dass sie Marib fanden.

Kaum war Goldwing weg, raschelte es plötzlich überall im Wald. Und dann schoss nur ein paar Meter von ihr entfernt etwas aus dem Unterholz. Flora hätte vor Schreck beinahe aufgeschrien.

Aber es war nur ein Feldhase, der offensichtlich genauso erschrocken war wie sie. Mit großen Sätzen verschwand er in der Dunkelheit.

Flora zwang sich, tief durchzuatmen, bevor sie mit klopfendem Herzen weiterging. Immer zögernder suchte sie sich ihren Weg. Sie hatte Angst, sich zu verlaufen, obwohl Goldwing sie natürlich überall finden würde. Wo war die kleine Eule denn? Suchend schaute Flora in den funkelnden Sternenhimmel. Und da! Ein Glitzern bewegte sich und kam auf sie zugeflogen. Flora entfuhr ein Seufzer der Erleichterung.

»Ich habe ihn!«, rief die Eule schon von Weitem. Flora dachte kurz, sie hätte sich verhört. Aber aus Goldwing sprudelte es nur so heraus, als sie neben ihr auf einem Baumstumpf gelandet war.

»Zuerst war ich wohl in der falschen Richtung unterwegs, aber dann bin ich noch mal umgekehrt«, berichtete sie ein bisschen außer Atem. »Und dann hab ich ihn entdeckt. Gar nicht weit von hier, auf einer Lichtung. Komm schnell, ich bring dich hin!«

Darum ließ Flora sich natürlich kein zweites Mal bitten. So schnell sie konnte, lief sie Goldwing quer durch den Wald hinterher. Plötzlich verharrte die Eule und blickte starr geradeaus. Auch Flora stoppte und folgte Goldwings Blick. Nicht weit entfernt von ihr gaben die Bäume den Blick frei auf eine Lichtung, die mit dickem Moos bedeckt war. Saftig grün leuchtete es im fahlen Licht des Mondes, wie ein flauschig weicher Teppich. Und direkt in der Mitte stand ein Pferd mit seidig glänzender Mähne. Marib! Sein weißes Fell schimmerte silbern und sein Schweif, der fast bis zum Boden reichte, schlug sanft hin und her. Bedächtig zupfte er auf dem Boden herum, während er die Augen halb geschlossen hielt. Flora wagte kaum zu atmen. Dieses Pferd hier mitten in der Nacht im Wald, umfangen vom Licht des Monds – das war so wunderschön, dass es fast nicht zu glauben war. Als ob Marib direkt aus einem Märchenbuch entsprungen wäre.

Doch plötzlich hob der Hengst den Kopf. Seine Ohren fingen an, aufgeregt hin und her zu zucken, seine Nüstern blähten sich. Und dann schaute er mit einem Mal genau in Floras Richtung. Sie stand mucksmäuschenstill, wie erstarrt. Bestimmt hatte er sie gewittert. Er verharrte kurz, als ob er seiner Nase nicht trauen wollte. Dann riss er plötzlich die Augen auf, stieg mit den Vorderhufen in die Luft und wieherte schrill, bevor er mit großen Sätzen davonjagte.

Völlig verdattert schaute Flora dem Hengst hinterher. Sie konnte kaum fassen, was sie gerade gesehen hatte. Aber Goldwings drängende Rufe machten ihr klar: Dieses Pferd war keine Erscheinung aus dem Märchenbuch, es war echt! Und nun mussten sie sich beeilen, damit Marib nicht noch einmal verschwand.

8

Der geheime Rosenwald

Goldwing war schon ein ganzes Stück vorausgeflogen und Flora hatte Mühe, ihre kleine Eule zwischen den vielen Bäumen nicht aus den Augen zu verlieren. Doch da stellte Flora staunend fest, dass sie den Wald hinter sich ließ und über die Obstwiesen flog. Wo rannte Marib denn hin? Als Flora keuchend die ersten Apfelbäume erreichte, sah sie, wie Marib mit donnernden Hufen auf ein dichtes Gestrüpp zuhielt. Meterhohe, verwilderte Rosenranken hatten sich wie eine undurchdringliche Mauer ineinander verschlungen. Das Mondlicht verlieh den weißen, roten und rosafarbenen Blüten einen sanften Schimmer und ließ die Blätter glänzen. Flora war kurz ganz versunken in diesen wunderschönen Anblick. Irgendwie wirkte dieser Ort wie verzaubert und strahlte eine seltsame Magie aus, die Flora kleine Schauer über den Rücken jagte. Erneut fühlte sie sich an das Märchen von Dornröschen erinnert. Bestimmt waren die Stämme der uralten Sträucher in dem Rosenkönigreich so dick gewesen wie die hier. Marib hielt direkt darauf zu. Wo wollte er denn hin? Vor diesem Rosendschungel sollte er sich besser in Acht nehmen, denn an den Dornen konnte er sich böse verletzen. Doch da fuhr Flora zurück. Hatte sie richtig gesehen, oder spielten ihre Augen jetzt verrückt? Nein, die Ranken bewegten sich tatsächlich! Als ob Geisterhände sie zur Seite schoben, um Marib einzulassen. Ohne zu zögern, ging er einfach hinein in dieses Dickicht, das sich Stück für Stück hinter ihm wieder schloss. Die Ranken griffen ineinander wie ein geheimnisvolles Geflecht, das

dieses strahlend weiße Pferd verschlang, bis es sich in Nichts aufgelöst hatte. Nicht das kleinste Stückchen war mehr von ihm zu sehen, das Ganze kam Flora vor wie ein Spuk. Aber das war kein Spuk, und das hatte sie sich auch nicht eingebildet. Nein, das war Zauberei!

Goldwing kreiste über dem Dickicht und gab hin und wieder ein paar tiefe »Huh«-Rufe von sich. Gespannt wartete Flora, doch es tat sich nichts. Kein Wiehern erklang, nicht einmal ein Schnauben. Warum antwortete Marib nicht? Goldwing versuchte es noch einmal, aber Marib blieb stumm. Schließlich gab Goldwing auf und kam zu Flora, die genau dort wartete, wo der weiße Hengst im Dickicht verschwunden war.

»Marib will nicht reden«, erklärte die kleine Eule und landete neben Flora im Gras. »Aber ich konnte ihn sehen. Er hat sich in einem Verschlag versteckt, der da mittendrin steht. Wie eine Art offener Schuppen, in dem vielleicht mal was gelagert wurde. Auf jeden Fall konnte ich sein weißes Fell zwischen dem Gestrüpp durchschimmern sehen.«

»Warum spricht er nicht mit dir?«, wunderte sich Flora.

»Keine Ahnung«, erwiderte Goldwing betrübt. »Ich

habe ihm gesagt, dass ich eine Zaubereule bin und wir ihm helfen wollen. Dass er mit uns über alles reden kann und wie glücklich Stella wäre, wenn er wieder zurückkäme. Aber das hat leider nichts genützt.«

Flora schüttelte ungläubig den Kopf. »Er kann sich doch nicht nur im Wald herumtreiben und dann hier verstecken.« Sie berührte vorsichtig die dornigen Zweige und versuchte, sie zur Seite zu schieben. Doch das gelang ihr nicht.

»Autsch!« Jetzt hatte sie sich auch noch gepiekst. Schnell steckte sie den Finger in den Mund.

»Das sind ganz normale Rosen«, nuschelte sie nachdenklich. »Wie geht das nur, dass Marib da durchkommt?«

Goldwing berührte mit dem Flügel ein paar der samtenen, hauchzarten Blütenblätter und schloss die Augen.

»Ich spüre ein Kribbeln«, stellte sie erstaunt fest. »Nach ganz normalen Rosen fühlt sich das nicht an. Aber sie *müssen* ja auch irgendwie magisch sein, sonst hätten sie Marib nicht reingelassen.« Goldwing öffnete die Augen und schaute Flora nachdenklich an, während ihre Ohren wild hin und her zuckten. »Meinst du … meinst du, dass Marib ein Zauberpferd ist?«, fragte sie dann leise.

Flora zögerte. Konnte es sein, dass ein Pferd mit magischen Kräften jahrelang bei Stellas Großvater gelebt hatte, ohne dass jemand davon etwas mitbekommen hatte? Doch da musste sie über sich selbst den Kopf schütteln. Warum denn nicht? Schließlich hatte Goldwings Zauberkräfte bisher ja auch niemand entdeckt.

»Gut möglich«, erwiderte sie daher. »Das würde vielleicht auch erklären, warum er dir nicht antwortet. Wenn er selbst Zauberkräfte hat, dann braucht er deine nicht.«

Goldwing nickte. »Wahrscheinlich denkt er, dass er in seinem Versteck sicherer ist als auf der Koppel. Wer weiß, wie es mit dem Haus weitergeht? Lieber bleibt er in der Gegend als *irgendwohin* zu kommen. Vielleicht weit weg in einen Stall, wo alles fremd ist. Und hier ist er immer noch in seiner vertrauten Umgebung. Er riecht die Rosen, die ihn an den Großvater erinnern. Ein bisschen ist es vielleicht dann so, als ob er noch da wäre.«

Flora nickte und strich nachdenklich mit den Fingerspitzen über eine der Blüten. Ein hauchfeiner, süßlicher Duft stieg ihr in die Nase. Sie schloss die Augen und sah sich plötzlich im Garten auf einer Decke liegen. Da roch es manchmal auch so, wenn der Wind leise in den Blättern raschelte. Sie konnte

Marib verstehen. Hier drin in diesem Rosenwald war es, als könne er die Zeit vielleicht ein bisschen anhalten. Aber würde Stella das verstehen? Konnten sie ihr überhaupt sagen, dass sie Marib gefunden hatten? Flora hatte keine Ahnung, wie sie ihr das erklären sollten. Irgendwas mussten sie sich einfallen lassen …

9

Alte Freunde

Goldwing schien genauso ratlos zu sein. »Was machen wir jetzt?«, fragte sie. »Marib will sich hier verstecken, aber Stella macht sich Sorgen um ihn. Wie können wir ihn bloß dazu bringen zurückzukommen?«

»Ja, das ist die Frage«, erwiderte Flora und seufzte. »Ich kann ihn verstehen. Er vermisst den Großvater und ahnt, dass nichts so bleiben wird, wie es einmal war.«

Goldwing nickte. »Können wir irgendwas tun, damit das Haus nicht verkauft wird?«

Flora zuckte mit den Schultern. »Keine Ahnung. *Wir* können es auf jeden Fall nicht kaufen. Und ich glaube auch nicht, dass wir Stellas Eltern davon überzeugen können, es zu behalten. So wie sie erzählt hat, steht der Entschluss fest. Weder das Haus noch Marib scheinen ihnen am Herzen zu liegen.«

»Trotzdem kann Marib sich ja jetzt nicht für immer in seiner Rosenburg verschanzen«, meinte Goldwing und starrte nachdenklich in das blühende Gestrüpp. »Eulen, die zaubern können, klar. Aber ein Pferd?«, murmelte sie nachdenklich vor sich hin.

»Ist das wie bei uns? War Stellas Großvater auch so eine Art Zauberfreund und haben die beiden anderen geholfen?«, überlegte Flora weiter.

»Wir wissen ja gar nicht, ob Marib selbst Zauberkräfte hat«, gab Goldwing zu bedenken. »Vielleicht hat das alles ja auch jemand für ihn gemacht.«

Flora schaute ihre Eule verwundert an. Daran hatte sie noch gar nicht gedacht. Aber klar, das konnte natürlich sein. »Meinst du, der Großvater?«, fragte sie.

Goldwing zögerte. »Ich weiß nicht. Am besten versuchst du, von Stella was rauszukriegen. Ganz unauffällig natürlich. Aber vielleicht ist ihr mal irgendwas aufgefallen?«

»Ja, klar, mache ich«, erklärte sich Flora sofort bereit. Vorsichtig berührte sie eine der Rosen. Irgendwo hinter all den Dornen, Blättern und Blüten stand Marib. Wie einsam musste er sich fühlen. Er konnte doch nicht für immer so allein bleiben.

»Wir werden dir helfen«, flüsterte sie. »Dir und Stella.«

Auch Goldwing streckte einen Flügel aus, als ob so ihre Botschaft durch das Gestrüpp zu Marib gelangte. Hoffentlich wollte sich der schöne Hengst auch helfen lassen!

Am nächsten Tag kam Flora ziemlich verschlafen in die Schule. Sie war so müde!

Gestern Nacht waren sie richtig lange unterwegs gewesen und dann hatte sie noch ewig wach gelegen. Der einsame Marib in seinem Rosenversteck war ihr nicht mehr aus dem Kopf gegangen. Und jetzt musste sie fünf Schulstunden lang aufpassen, dass ihr nicht die Augen zufielen. Doch als Miri hereinkam und Flora ihr strahlendes Gesicht sah, fühlte sie sich schlagartig hellwach.

»Was ist los?«, wollte sie sofort wissen.

»Wir gehen doch nicht nach Afrika!«, platzte Miri heraus.

»Waaas?« Flora ließ ihre Schultasche fallen, schlang beide Arme um Miri und drückte sie ganz fest an sich. »Ist das auch sicher?«

Nathalie, Lea und ein paar andere Mädchen traten neugierig näher.

Miri lachte. »Ja, das *ist* sicher. Für die Stelle soll jetzt doch jemand von dort genommen werden. Und der

Chef braucht meinen Vater wohl dringender für eine neue Aufgabe hier.«

»Das sind die besten Nachrichten überhaupt!«, jubelte Flora. Sie war unglaublich erleichtert! Niemals hätte sie sich Miri so weit weg vorstellen können. Auch die anderen freuten sich, nur Nathalie schüttelte den Kopf.

»Also dieser Chef hat ja wohl überhaupt keinen Plan«, meinte sie. »Einmal Afrika, dann wieder nicht. Sollte er sich mal vorher überlegen.«

»Das hat er bestimmt getan«, erwiderte Miri. »Mein Vater meint, dass man manchmal Entscheidungen nicht verstehen kann, wenn man die Hintergründe nicht genau kennt.« Sie stockte und lächelte Flora zu. »Aber ist mir eigentlich egal, Hauptsache, wir bleiben da.«

»Genau!«, pflichtete Flora ihr bei, streckte Miri die Hand hin und die klatschte ab.

Nathalie nickte nur und starrte nachdenklich vor sich hin.

Flora wusste genau, dass sie an ihre Mutter dachte. Deren Entscheidung mit der Adoption konnte sie nicht begreifen.

Aber wie Miris Vater kannte auch sie die Hintergründe nicht. Hoffentlich würde ihre Mutter ihr bald alles erklären. Und dann konnte Nathalie sie vielleicht besser verstehen …

Nach dem Mittagessen machte Flora in Turbogeschwindigkeit ihre Hausaufgaben. Wie gut, dass es heute nicht so viele waren. Und noch besser, dass ihre Mutter sie sich nicht anschauen konnte, weil sie mit Felix zum Zahnarzt musste. Also verkündete Flora schnell, dass sie bei dem schönen Wetter Fahrrad fahren wollte, und weg war sie.

Auf dem Weg entlang der Obstwiesen überlegte sie dauernd, wie sie Stella unauffällig aushorchen konnte.

Was, wenn sie gar nicht da war? Sie konnte ja schlecht zu ihr nach Hause fahren. Da bräuchte sie schon eine gute Erklärung.

Aber das war zum Glück nicht nötig, denn Flora sah schon von Weitem Stellas Fahrrad. Sie stellte ihres daneben und ging ums Haus herum. Wie sie richtig vermutet hatte, fand sie Stella in Maribs Stall, wo sie mit der Mistgabel frisches Stroh verteilte.

Als sie Flora bemerkte, grüßte sie nur kurz, dann wandte sie sich gleich wieder ihrer Arbeit zu. Aber Flora hatte schon gesehen, dass ihre Augen ziemlich verweint aussahen.

»Hallo«, sagte sie leise. »Ich dachte, ich schau mal nach, ob es Neuigkeiten gibt.«

Stella schüttelte den Kopf. »Keine Spur von Marib«, erwiderte sie und stocherte missmutig im Stroh herum. »Wenn ich nur wüsste, wo er ist! Warum kommt er nicht zurück?«

»Vielleicht weil er nicht weiß, wie es hier für ihn weitergeht«, meinte Flora vorsichtig.

Stella sah sie erstaunt an. Als ob sie sich fragte: Dachte ein Pferd wirklich so?

»Ja, kann sein«, meinte sie dann. »Ich habe zu meinen Eltern gesagt, dass alles so bleiben soll. Damit Marib sein Zuhause behält. Später kann ich dann vielleicht mal hier einziehen. Aber meine Eltern halten das für Quatsch. Sie sagen, wenn ich groß bin, will ich bestimmt nicht in einem kleinen alten Haus irgendwo in den Wiesen wohnen. Das ist so gemein!« Wütend stieß sie die Mistgabel in einen Ballen Stroh.

»Kann ja sein, sie überlegen es sich noch mal«, meinte Flora leise.

Stella zuckte mit den Schultern. »Weiß nicht. Gestern hatten wir richtig Streit. Meine Mutter versteht mich wenigstens ein bisschen. Auch sie hat Erinnerungen, schließlich war sie oft hier und hat meinem

Opa geholfen. Mein Vater dagegen wollte immer so schnell wie möglich wieder gehen. Mit Pferden hat er sowieso nichts am Hut. Na ja, außer sie sind aus Blech.«

»Aus Blech?«, fragte Flora verwundert.

»Ja, er sammelt so altes Spielzeug zum Aufziehen«, erklärte Stella. »Watschelnde Pinguine, kleine Rennautos und solchen Kram. Da kann er Stunden damit zubringen. Keine Ahnung, was daran spannend ist.«

»Und so versteht er wahrscheinlich nicht, wie du Stunden mit Marib zubringen kannst«, sagte Flora. »Oder was er für deinen Großvater bedeutet hat.« Sie zögerte, weil sie nicht so recht wusste, wie sie anfangen sollte. »Hat er eigentlich mal gesagt, dass Marib irgendwie ein besonderes Pferd ist? Dass er ... irgendwelche besonderen Eigenschaften hat?«

Stella schaute sie verwirrt an. »Wie meinst du das? Natürlich war Marib für meinen Opa etwas ganz Besonderes. Er hat sich mit ihm unterhalten, als ob er ein Mensch wäre. Ich hab immer zu ihm gesagt, dass ich mich um ihn kümmern werde, wenn er mal krank ist. Damit er sich keine Sorgen macht. Aber mein Opa hat gemeint, dass er Marib immer beschützen wird, auch wenn er nicht mehr da ist. Daran muss ich jetzt oft denken.«

Flora horchte auf. »Weißt du, wie er das gemeint hat?«

Stella schüttelte den Kopf. »Nein, das ist es ja! Mein Opa hat das nicht genauer erklärt, nur so vor sich hingelächelt. Und gesagt, auf die richtigen Freunde kommt es an. Ich weiß noch, wie ich mich gewundert habe, denn eigentlich hab ich nie mitbekommen, dass mein Opa Freunde hat. Klar, er hat mit den Nachbarn gesprochen. Ab und zu ist da auch mal einer vorbeigekommen, aber mehr nicht. Wenn ich ihn gefragt habe, ob er sich nicht alleine fühlt, hat er nur gemeint, er hat doch Marib. Mit dem könnte er immer reden. So wie früher mit dem Josef. Das ist wohl wirklich ein guter Freund von ihm gewesen. Leider ist er vor ein paar Jahren gestorben. Ich habe ihn gar nicht gekannt, aber mein Opa hat oft von ihm erzählt.«

»War dieser Josef von hier?«, wollte Flora wissen.

»Ich glaube, mein Opa hat mal erwähnt, dass ihm ein Gasthof in Tannenbach gehört hat. Irgendwas mit einer Eule. Er hatte wohl sogar selbst eine. Also zumindest kam da abends eine zu ihm in den Garten geflogen. Das ist das Einzige, woran ich mich erinnere, das fand ich natürlich megaspannend. Wo gibt's denn so was?«

Flora musste sich zusammenreißen, um Stella nicht mit großen Augen anzustarren. Der beste Freund ihres Opas war Josef Weiß gewesen, der frühere Besitzer des Gasthofs »Zur Goldenen Eule«! Ohne den Brief dieses alten Eulenfreunds, den Flora zufällig gefunden hatte, wäre sie Goldwings Geheimnis nie auf die Spur gekommen. Und nur dank seines Rings hatte sie es geschafft, die kleine Eule in eine Zaubereule zu verwandeln.

Auch wenn Flora Josef Weiß nicht mehr kennengelernt hatte, hatte sie ihm viel zu verdanken.

Mit einem Mal war ihr sonnenklar, woher Marib seine Zauberkräfte hatte. Von der Zaubereule des Gasthofbesitzers! Bestimmt hatte sie hier ihre Zauberflügel im Spiel. Aber wie genau hatte sie Marib diese Kräfte verliehen? Flora war überzeugt: Wenn sie das herausfanden, dann würde Goldwing es genauso schaffen, durch die Rosen zu gelangen. Schließlich war auch sie eine Zaubereule und sogar eine besonders gute! Wenn sie erst mal vor Marib stand, redete er vielleicht endlich mit ihr. Er konnte doch nicht wollen, dass Stella so traurig war. Aber vermutlich tat Marib gerade nur das, was der Großvater ihm gesagt hatte. Oder besser gesagt die Zaubereule von Herrn

Weiß. Das war der einzige Weg gewesen, um Marib zu schützen. Aber es musste doch auch einen Weg für Marib *und* Stella geben?

10

Zauberwasser

Flora war ganz in Gedanken versunken, doch da spürte sie Stellas Blick auf sich. »Oder hast *du* schon mal von Eulenbesuch abends im Garten gehört?«, wiederholte sie nun ihre Frage, die Flora offensichtlich gar nicht gehört hatte.

»Nein, das … das klingt wirklich komisch«, beeilte sie sich zu sagen. Wenn Stella wüsste, dass Flora *jeden* Abend Eulenbesuch hatte! »Die Eule war für diesen Josef vielleicht das, was Marib für deinen Opa war. Ein sehr guter Freund.«

»Bei einem Pferd kann ich mir das vorstellen, aber bei einer Eule?« Stella schüttelte den Kopf. »Die sind doch eigentlich nur nachts unterwegs und auch nicht zutraulich. Die Eule von Josef muss echt was Besonderes gewesen sein.«

Flora nickte eifrig. »Auf jeden Fall!« Eine Zaubereule war ganz sicher etwas Besonderes, so viel stand fest.

Stella musste wieder nach Hause und auch Flora

wollte los. Sie brannte darauf, Goldwing alles zu erzählen. Und damit konnte sie unmöglich bis heute Abend warten.

Kurzerhand beschloss sie, einfach einen Umweg durch den Wald zu machen. Sie wusste, da würde sie ihre kleine Eule finden.

Flora ging voraus zum Gartentor und aus dem Augenwinkel bekam sie mit, wie Stella schnell etwas unter einen Stein neben dem schmalen Kiesweg legte. Vielleicht einen Schlüssel? Doch Flora wollte nicht neugierig sein und nachfragen.

Also sagte sie Tschüss und versprach Stella wie beim letzten Mal, sich sofort zu melden, falls sie was von Marib hörte. Dann radelte sie los.

Als Erstes würde sie es bei der Lichtung probieren. Goldwing trieb sich meistens hier irgendwo in der Nähe herum und wenn Flora sie mit ihrem Lied rief, hatte sie noch nie lange warten müssen.

Kaum hatte sie die verfallenen Mauern der Burgruine erreicht, fing Flora an zu singen: *»Es gab ne Zeit, da war ich, ganz alleine ohne dich …«*

Dieses Lied, das sich Flora extra einmal für Goldwing ausgedacht hatte, war ihr geheimes Erkennungszeichen. Damit rief sie ihre Eule, wenn sie dringend mal tagsüber mit ihr reden wollte. Und auch heute dauerte es nur einen Moment, bis Goldwing zwischen den Bäumen herausflatterte.

Sie landete neben Flora auf der Bank unter der alten Eiche und schaute sie mit großen Augen an. Flora zögerte keine Sekunde, ihren Ring herauszuholen und Goldwing zu verwandeln.

»Ist was passiert?«, wollte die Zaubereule sofort wissen, kaum dass ihre Flügel in zartem Gold erstrahlten.

Flora schüttelte den Kopf. »Nein, passiert ist nichts. Aber ich habe herausgefunden, wer der beste Freund von Stellas Opa gewesen ist.« Sie machte eine Pause und schaute Goldwing verheißungsvoll an. »Josef Weiß!«

Die Eule riss die Augen auf, die vor Verwunderung kurz ganz hell leuchteten.

»Der Josef Weiß vom Gasthof?«, hakte sie nach.

»Genau der«, bestätigte Flora.

Goldwing zögerte, dann fragte sie leise: »Meinst du ... dass seine Zaubereule dieses Rosenversteck geschaffen hat?«

»Genau das meine ich«, erwiderte Flora. Und dann sagte sie Goldwing alles, was Stella ihr zuvor erzählt hatte. »Ich glaube viel eher, dass hier eine Zaubereule ihre Flügel im Spiel hat als dass das Maribs Werk ist.«

Goldwing nickte. »Ja, auch weil der Großvater erwähnt hat, dass man die richtigen Freunde haben muss, als es darum ging, für Marib zu sorgen.«

»Wenn die Eule von Herrn Weiß das Dickicht gezaubert hat, dann müsstest *du* doch auch hineinkommen, oder?«, fragte Flora.

Goldwing nickte. »Ja, aber nur eine Zaubereule zu sein, reicht wohl nicht. Irgendwas braucht es noch, eine Art Schlüssel, der die Tür öffnet …«

»Lass uns den Stall mal genauer anschauen«, schlug Flora vor. »Kann ja sein, dass wir dort einen Hinweis finden.«

»Du meinst, jetzt gleich?« Goldwing sah sie erstaunt an.

»Je früher wir zu Marib gelangen und je schneller er wieder bei Stella ist, desto besser für beide«, meinte Flora. »Sie müsste auf dem Heimweg sein und sonst ist hoffentlich niemand am Haus.«

»Ich kann ja vorausfliegen und nachschauen«, schlug Goldwing vor.

»Gute Idee.« Flora hielt Goldwing den Ring hin, um sie zurückzuverwandeln. Nicht, dass jemand sie noch in ihrer Zaubergestalt entdeckte.

Kaum hatten sie den Wald hinter sich gelassen, flog Goldwing vor. Bereits kurze Zeit später kehrte sie zurück und nickte Flora zu. Wie gut, die Luft war also rein.

Sobald sie im Stall waren, verwandelte Flora Goldwing und dann machten sie sich gemeinsam auf die Suche.

Flora wuchtete den schweren Deckel der Futterkiste hoch, sie schauten in alle Säcke und Eimer, schüttelten Pferdedecken aus, aber vergeblich.

»Vielleicht hätten wir im Haus mehr Glück«, überlegte Goldwing. »Aber da kommen wir ja nicht rein.«

Flora schaute sie nachdenklich an. »Vielleicht doch«, meinte sie. »Mir fällt da was ein. Komm mal mit.«

Sie gingen nach vorne und während Goldwing sich zwischen den Rosen versteckte, kniete sich Flora vor den großen weißen Stein, der neben dem Kiesweg lag. Er war ihr auch wegen der leuchtend grünen Moosflecken in Erinnerung geblieben. Was hatte Stellas Opa nochmal gesagt? Dass auch Moos seine Aufgabe hat. Ein Weichmacher sei für das Nest der Vögel und die Jungen schützte. Beschützte es hier mit diesem Stein nun auch was? Vorsichtig hob Flora ihn ein Stück hoch. Und darunter lag tatsächlich – ein Schlüssel!

Sie nahm ihn schnell an sich, schaute sich vorsichtig um und schloss dann mit zitternden Fingern die Tür auf.

Kaum war Goldwing hinter ihr hereingeflattert, zog sie sie schnell zu und atmete erst einmal ganz tief durch.

Für einen Moment stand sie einfach nur da und versuchte, ihr klopfendes Herz zu beruhigen.

Es war düster hier drin, durch die kleinen Fenster fiel nur wenig Licht. Irgendwie roch es nach muffiger Wäsche und die Dielen unter dem durchgewetzten Teppichboden knarrten, als Flora zögernd weiterging. Es war gar nicht ihre

Sache, hier herumzuschnüffeln, und sie wollte auf keinen Fall Schränke oder Schubladen durchwühlen. Also streifte sie einfach nur durch die Zimmer und schaute sich um. Doch sie entdeckte nichts als

Krimskrams, alte Gartenbücher, verblichene Fotografien von Rosen, ein paar Blumenbilder an den Wänden …

»Ich glaube, das bringt nichts«, sagte Goldwing leise. »Lass uns lieber gehen. Es ist irgendwie komisch hier drin.«

Flora nickte, Goldwing hatte recht. Auch sie fühlte sich ziemlich unwohl.

»Wir könnten uns noch mal im Wald umschauen«, schlug Goldwing vor. »Dort, wo wir Marib entdeckt haben. Vielleicht ist jemandem was aufgefallen? Ich könnte mich ein bisschen umhören.«

»Gute Idee«, stimmte Flora zu. Ein Pferd lief schließlich nicht alle Tage durch den Wald. Vielleicht hatte wirklich ein Tier was beobachtet.

Flora schloss ab, legte den Schlüssel wieder unter den Stein und atmete auf, als sie unerkannt die schützenden Tannen erreichten. Wie gut, dass sie niemand entdeckt hatte!

Sie wartete auf der Lichtung, während Goldwing sich bei den Bewohnern des Waldes umhörte. Hier so untätig herumzuhängen, fiel Flora schwer, und sie fragte sich, was sie tun sollten, wenn Goldwing nichts in Erfahrung brachte.

Doch als die kleine Eule schließlich wieder auftauchte, sah Flora sofort an ihren leuchtenden Augen, dass es Neuigkeiten gab.

»Eine Fledermaus hat mir erzählt, dass ein weißes Pferd bei ihr in der Höhle gewesen ist«, platzte Goldwing da auch schon heraus. »Sie hat sie mir gezeigt. Es ist gar nicht weit von hier.«

»Los, nichts wie hin!«, beschloss Flora, und das ließ sich Goldwing nicht zweimal sagen. Während sie vorflog, kämpfte sich Flora zwischen Tannen und halbhohen Büschen hindurch.

Wie viel einfacher wäre es, wenn sie auch fliegen könnte! Doch schließlich sah sie Goldwing vor einem zerklüfteten Felsen warten. Wie eine Mauer ragte er in die Luft und in seiner Mitte klaffte ein dunkles Loch.

Die Höhle!

Flora zögerte keine Sekunde. Mit pochendem Herzen trat sie ein. Ein Frösteln überlief sie, es war kühl hier drin und roch nach feuchter Erde. Ihr fiel auf, dass der Boden ziemlich matschig war und die moosbewachsenen Wände feucht glänzten.

Goldwing drehte den Kopf in alle Richtungen, während ihre Ohren aufgeregt zuckten.

»Ich spüre was«, murmelte sie. »So ein Kribbeln, eine Unruhe, als ob was in der Luft liegt.«

»Wenn Marib hier war und sein Körper diese magische Wirkung hat, dann merkst du das vielleicht«, meinte Flora.

»Aber was hat er in der Höhle gewollt?«, fragte Goldwing.

Flora schaute sich um, doch außer ein paar Steinbrocken, Ästen und hereingewehtem Laub konnte sie nichts entdecken.

Goldwing trippelte ein bisschen herum, schüttelte jedoch ratlos den Kopf. Nachdenklich betrachtete sie die Abdrücke ihrer Krallen im Matsch, dann riss sie plötzlich den Kopf hoch.

»Wenn es hier so feucht ist, muss es doch irgendwo Wasser geben!«, sagte sie aufgeregt.

Flora horchte auf. »Meinst du ... das Wasser ist vielleicht magisch?«

Plötzlich sprudelten Erinnerungen durch ihren Kopf. Bilder des Wasserfalls, der die Schleiereule Kalliper geheilt hatte. Oder von der Sternquelle, die die Kräfte der Zaubereulen erneuert hatte. Floras Herz fing an zu rasen.

Goldwing schaute sie nur stumm an und stakste dann tiefer in die Höhle. Flora hatte gedacht, es ginge gar nicht weiter, aber nun sah sie, dass der Gang lediglich einen Knick machte.

Vorsichtig tastete sie sich voran, denn nach hier hinten drang kaum Licht. Beinahe wäre sie in ein Wasserloch getreten, wenn Goldwing nicht rechtzeitig »Stopp!« gerufen hätte. Da erst erkannte Flora die dunkel schimmernde Fläche, in die ihre Eule jetzt vorsichtig den Flügel streckte.

»Spürst du, ob Marib daraus getrunken hat?«, flüsterte Flora.

»Weiß nicht«, erwiderte Goldwing leise. »Ich fühle auf jeden Fall immer noch dieses Kribbeln.«

»Wenn das Wasser Marib tatsächlich die Kraft verliehen hat, durch die Rosen zu gehen, dann solltest du auch davon trinken«, meinte Flora.

Goldwing zögerte keine Sekunde und streckte den Schnabel in die dunkel glänzende Flüssigkeit. Dann benetzte sie mit den Flügeln auch gleich noch ihr Gefieder.

»Kann ja nicht schaden«, murmelte sie. Zum Schluss schüttelte sie sich, sodass die Tropfen aus ihren schimmernden Federn sich wie goldene Gischt über ihren Körper verteilten.

Sie reckte die Brust vor und warf Flora einen entschlossenen Blick zu.

Flora wurde es ganz warm ums Herz. Sie war stolz

auf ihre kleine Eule, die so mutig war und nichts unversucht ließ.

Hoffentlich war das hier wirklich Zauberwasser und machte den Weg frei zu Marib!

11

Eine grüne Tapete

Vorsichtig tastete sich Flora wieder aus der Höhle und folgte Goldwing zum Rosendickicht. Sie stellte sich vor, wie sich diese dornige Wand nun teilte und Goldwing mühelos ins Innere gelangte. Und dann ließ Marib sich hoffentlich überzeugen, zu Stella zurückzukehren.

Was danach allerdings werden würde, daran wagte Flora gar nicht zu denken. Wichtig war erst mal nur, dass die beiden wieder vereint waren, denn Flora glaubte ganz fest daran, dass das auch das Beste für Marib war. Und hoffentlich wurde Stellas Eltern endlich klar, wie wichtig er für Stella war und dass die beiden zusammengehörten. Aber was, wenn nicht? Wie konnten sie sie nur überzeugen?

Da hatten sie das Rosendickicht erreicht und Goldwing hielt vorsichtig die Flügel an die Ranken. Flora ballte die Hände zu Fäusten. Jetzt musste es klappen! Hatten sich da nicht gerade ein paar Blätter bewegt? Aber nein, sie hatte sich getäuscht, das war wohl nur der Wind gewesen. Und obwohl sie noch eine Weile warteten, tat sich nichts, absolut gar nichts! Goldwing versuchte es erneut, hielt die Flügel tiefer in das Dickicht, schloss die Augen und konzentrierte sich mit aller Kraft, bis ihre Federn zitterten. Aber auch das blieb ohne Erfolg.

»Mist!«, murmelte Flora.

»Dabei war ich so fest überzeugt, dass wir in der Höhle auf dem richtigen Weg waren«, schimpfte Goldwing und schüttelte ratlos den Kopf. »Vielleicht könnte ich Marib davon erzählen …«

Mit diesen Worten flog sie auf, kreiste über dem Rosenversteck und ließ immer wieder ihre dunklen »Huh«-Rufe erklingen. Doch kein Wiehern, nicht einmal ein leises Schnauben drang als Antwort aus dem Dickicht hervor. Schließlich flog Goldwing wieder zu Flora zurück.

»Keinen Mucks gibt er von sich«, beschwerte sie sich. »Als ob er gar nicht da wäre, es ihn nicht einmal gäbe. Wie ein Geisterpferd. Dabei habe ich sein weißes Fell ganz deutlich durchschimmern sehen.«

Flora seufzte. »Er will einfach nicht mit dir reden. Selbst wenn er weiß, dass du eine Zaubereule bist, wie die, die ihm dieses Versteck geschaffen hat. Aber wenn er dich nicht sieht, dann kann er da drin gut so tun, als ob ihn das alles nichts anginge. Doch ich weiß genau, wenn du ihm gegenüberstehen würdest, wäre das was anderes.«

»Aber wie soll ich das schaffen?«, fragte Goldwing.

Eine Weile standen sie nur da und schwiegen vor sich hin.

Flora starrte in das Dickicht und fuhr mit den Fingern über die wunderschönen Blüten, die sich ihr entgegenreckten. So weich fühlten sich die samtigen Blätter an und der Staub auf den Blütenstempeln wirkte fast golden. Wie hatte es die Zaubereule nur geschafft, diese wunderschönen Blumen zu einer undurchdringlichen Mauer werden zu lassen?

Und auch mit dem Zauberwasser reichten Goldwings Kräfte nicht aus, sie zu durchdringen. Es brauchte mehr.

»Lass uns noch mal zur Höhle gehen«, bat sie. »Dort hast du doch die Magie gespürt. Vielleicht haben wir etwas übersehen.«

Goldwing nickte und flog auf. Flora folgte ihr das kurze Stück zurück über die Wiesen und durch den Wald bis zur Höhle.

Schweigend standen sie nun wieder in dem feuchten Gang und schauten sich um. Flora schob mit dem Fuß ein bisschen Laub zur Seite. Vielleicht verbarg sich da ja was drunter? Aber sie bekam nur nasse Schuhe. Missmutig hob sie einen herumliegenden Stock auf und stocherte in den Blättern herum. Da fuhr plötzlich ein stechender Schmerz durch ihre Hand. Autsch! Der Stock hatte ja Dornen!

»Schau mal, wie kommt der denn hierher? Sieht aus wie von einem Rosenstrauch.« Sie hielt Goldwing ihren Fund hin und die ergriff ihn mit dem Schnabel. Dann reckte sie den Kopf in die Luft und schloss die Augen.

»Fühlt sich komisch an«, erklärte sie. »Irgendwie warm, als ob da Energie drinsteckt.«

»Vielleicht Zauberenergie?«, fragte Flora gespannt.

Goldwing nickte.

»Meinst du, Marib hat den Stock benutzt?«, fragte Flora weiter. »Aber wenn ja, wozu? Als eine Art Zauberstab, um sich damit selbst die Kraft für die Rosen zu geben?«

Goldwing schaute sie zweifelnd an. »Ich weiß nicht. Meinst du, er steht hier mit dem Stock im Maul und hält ihn sich gegen die Brust? Und dann lädt sich dadurch sein Fell irgendwie magisch auf, dass die Dornen davor zurückweichen?«

Flora zuckte mit den Schultern. »Keine Ahnung. Aber stimmt, das klingt komisch. Hast du eine andere Idee?«

»Vielleicht hat er den Stock ins Wasser gehalten?«, überlegte Goldwing.

»Und dann davon getrunken?«, murmelte Flora vor sich hin. Ja, das konnte sein. »Das solltest du auch versuchen«, beschloss sie und folgte Goldwing tiefer in die Höhle. Kaum war Flora bei ihr, hielt die kleine Eule den Stock in die dunkel glänzende Wasserfläche. Flora wartete gespannt. Würde sie nun zu leuchten anfangen? Zu blubbern oder zu dampfen? Aber nichts tat sich.

Ratlos richtete sich Flora auf. »So was Blödes«, schimpfte sie und wollte wieder vor, weil es hier hinten so dunkel war. Dabei wäre sie beinahe über einen Stein gestolpert, sie konnte sich gerade noch an der Felswand abstützen. Da spürte sie das weiche, feuchte Moos unter den Fingern, das vorne im Eingangsbereich wie eine grüne Tapete an den Wänden klebte. Das erinnerte sie an etwas ... Woran nur? Plötzlich fiel es ihr ein.

»Goldwing, Stellas Opa hat doch gesagt, dass Moos ein ›Weichmacher‹ sei und was Beschützendes hätte. Das hat er zwar für ein Vogelnest gemeint, aber wenn ich das Moos jetzt *hier* sehe, zusammen mit dem Rosenstock ... Vielleicht ergibt das dann einen ganz neuen Sinn?«

Goldwing war kurz verdutzt, doch dann begriff sie. »Ja! Es könnte tatsächlich sein, dass er wusste, dass es auch Marib beschützen wird. Dass es wirklich ein ›Weichmacher‹ ist, indem es die Rosen von ihm abhält. Weil es *magisches Moos* ist!«

Flora nickte aufgeregt. Da zögerte die kleine Eule nicht länger und schnappte sich den Stock.

Entschlossen stakste sie los und hielt ihn gegen die Wand. Flora, deren Nerven bis zum Zerreißen gespannt waren, konnte kaum hinschauen. Was, wenn sie jetzt wieder falschlagen? Ihr Kopf war wie leer gefegt. Sie konnte nur noch das Eine denken: Das Moos musste der Schlüssel sein! Es *musste!* Sie grub die Zähne in die Unterlippe und ballte die Hände zu Fäusten. Und da! Dort außen am Rand hatte es doch gerade hell aufgeblitzt. Nun in der Mitte … weiter oben … auf der anderen Seite … *Überall* schossen kleine Blitze aus der grünen Tapete hervor und plötzlich fing sie an zu leuchten. Zunächst noch etwas schwach, aber dann wurde der Schein immer heller, bis er Flora fast in den Augen schmerzte.

Und mit einem Mal stieg feiner Dampf aus der Wand hervor, als ob ein unsichtbarer Drache Rauchschwaden ausstieß. In Sekundenschnelle erfüllte dieser Nebel die ganze Höhle, umhüllte auch Flora wie eine zweite Haut, die

ihr auf geheimnisvolle Weise Kraft verlieh. Sie hatte sich noch nie so stark gefühlt. Als würde sie das Rosendickicht mit bloßen Händen zerteilen können. Und genau das würden sie jetzt versuchen!

12

Ein unerwartetes Zusammentreffen

Es dauerte nicht lange, bis der Nebel sich wieder verflüchtigte. Das Moos schien ihn aufzusaugen wie einen Schwamm und schon bald war nicht die kleinste Spur mehr davon zu sehen. Doch Flora fühlte sich noch immer kräftig wie zehn Riesen und jeder Zentimeter ihres Körpers drängte zu Marib.

Auch Goldwing richtete sich auf, schüttelte sich und reckte die Brust vor.

»Bist du bereit?«, fragte sie und Flora nickte entschlossen. Diesmal lief sie Goldwing so schnell hinterher, dass es sich fast anfühlte, als ob sie flöge. Ihre Beine rannten wie von selbst und sie musste nicht ein einziges Mal anhalten, um Luft zu holen.

Nur kurz nach Goldwing erreichte sie das Rosendickicht. Die Eule kreiste in der Luft und schaute Flora fragend an. Sie zögerte keine Sekunde und reckte ihr den Daumen entgegen. Jetzt war der große Moment gekommen! Da schoss Goldwing herab und raste mit ausgebreiteten Flügeln direkt auf die Dornenmauer zu. Und wie von Zauberhand teilte sie sich, Flora traute ihren Augen kaum. Es funktionierte tatsächlich! Obwohl sie es sich so gewünscht hatte, konnte sie es jetzt fast nicht glauben. Die Mauer wich auseinander, um Goldwing durchzulassen! Und direkt dahinter Flora, die ihrer kleinen Eule mühelos folgte. Auch vor

ihr wichen die stachligen Blüten zur Seite, sodass sie ohne den kleinsten Kratzer nach drinnen gelangte. Bis sich die letzten Ranken zurückzogen und den Blick freigaben auf den Holzverschlag, unter dem ihnen Marib mit schreckensgeweiteten Augen entgegenblickte. Mit einem schrillen Wiehern warf er den Kopf zurück und trat hektisch tänzelnd zur Seite. Dann machte er einen Satz nach vorn, als ob er fliehen wollte. Einem Reflex folgend riss Flora die Arme hoch. »Nein, bleib stehen!«, rief sie und auch Goldwing stieß ein aufgeregtes »Huh!« aus.

Marib stockte und wandte sich zögernd um. Eine Zeitlang schauten sich die drei einfach nur an, kein Laut war zu hören. Schließlich durchbrach Goldwings sanfte Stimme die Stille und da endlich erklang auch von Marib ein zaghaftes Wiehern.

Nach einer Weile erklärte Goldwing: »Es ist, wie wir gedacht haben. Marib ist furchtbar traurig. Er vermisst seinen alten Freund jede Minute und will auf keinen Fall zurück. Er sagt, er kann dort sowieso nicht mehr bleiben, also kann er auch im Wald leben. So hat er es vor vielen Jahren mit dem Großvater ausgemacht, als die Zaubereule dieses Versteck für ihn geschaffen hat. Damit er beschützt ist, auch wenn sein Freund sich nicht mehr um ihn kümmern kann. Das hat der Großvater sicher gut gemeint. Bestimmt hat er geahnt, dass Marib verkauft werden würde. Und deshalb geglaubt, dass es die einzige Lösung für sein Pferd wäre.«

»Aber durch Stella ist alles anders geworden«, erwiderte Flora aufgeregt. »Damals konnten die zwei Männer nicht wissen, dass sie für ihn sorgen will. Aber der Großvater hat vermutlich sowieso gewusst, dass Stellas Eltern da nie zustimmen würden. Er hatte also gar keine Wahl. Und selbst wenn er sich anders entschieden hätte, hätte er den alten Plan sowieso nicht ändern können. Schließlich konnte nur die Zaubereule mit Marib reden.« Flora seufzte. »Aber ohne ihn ist Stella todunglücklich. Das musst du ihm sagen!«

»Ich hab ihm schon erzählt, wie traurig Stella ist«, erklärte Goldwing. »Das tut ihm zwar unglaublich leid, aber er meint, er wird ja sowieso irgendwohin gebracht, wo sie sich dann nicht sehen können. Wenn er hier in seinem Versteck bleibt, dann könnte er Stella vielleicht nachts mal heimlich beim Haus treffen. Das sollen wir ihr vorschlagen.«

»Das werden wir ganz sicher nicht tun«, verkündete Flora entschlossen und presste die Lippen zusammen. Sie mussten Marib irgendwie klarmachen, dass alles so sein würde wie früher. Nur ohne seinen Freund.

»Sag ihm, dass alles gut werden wird. Dass wir ... dass wir uns schon was überlegt haben«, stieß sie aufgeregt hervor.

Goldwing schaute sie verwundert an. »Aber was denn?«

»Keine Ahnung, weiß ich auch noch nicht«, musste Flora zugeben. »Vielleicht ändern Stellas Eltern ihre Meinung, wenn sie sehen, wie glücklich Stella mit Marib ist. Und Marib kann in seinem alten Zuhause mit Stella vielleicht ein bisschen weniger traurig sein und muss sich nicht mehr in seiner Rosenburg verschanzen.«

»Aber ... wir wissen doch gar nicht, wie Stellas Eltern reagieren werden«, meinte Goldwing zögernd. »Das ist also eine Lüge und wir vertrauen einfach mal darauf, dass sie gut ausgeht?«

Flora nickte widerstrebend. »Ja, aber eine Notlüge! Und sie ist zum Besten von Stella und Marib.«

»Dann können wir nur hoffen, dass wir Marib nicht enttäuschen werden«, sagte Goldwing leise, bevor sie sich wieder dem schönen Hengst zuwandte. Mit gespitzten Ohren lauschte er Goldwings Rufen. Danach war es eine ganze Weile still. Flora und Goldwing schauten Marib gespannt an. Flora hatte das Gefühl, sie bekam fast keine Luft mehr vor Aufregung. Was sollten sie tun, wenn Marib Nein sagte? Aber da sah sie, wie er den Kopf senkte und nickte. Eine Welle der Erleichterung schwappte über Flora hinweg. Was für ein Glück! Goldwing hatte Marib überzeugt!

Flora trat einen Schritt näher und hielt dem Hengst die Hand hin. Zögernd streckte er ihr die Nase entgegen und Flora berührte für einen kurzen Moment sein warmes Fell. Sie sah in seine dunklen Augen, die wie große, schwarze Murmeln glänzten. So viel Trauer, aber auch Hoffnung lagen darin, dass sich Floras Hals zusammenschnürte. Ja, sie durften Marib auf keinen Fall enttäuschen!

Aber zunächst einmal musste es ihnen gelingen, dass er wieder in sein altes Zuhause zurückkehrte. Und Stella morgen dort überraschte. Flora musste gleich nach der Schule zu ihr, um sie herzulotsen. Was sollte sie ihr sagen?

Die Gedanken überschlugen sich in Floras Kopf, während sie mit Marib das Rosenversteck hinter sich ließen und über die Obstwiesen zum Haus des Großvaters gingen. Goldwing, die schon ein Stück vorausgeflogen war, verharrte jedoch plötzlich und flog dann mit schnellen Flügelschlägen zurück.

»Da kommt ein Auto!«, rief sie Flora aufgeregt zu. »Schnell, verstecken wir uns!« Sie deutete mit dem

Kopf in Richtung eines kleinen Gartenhäuschens, das nicht weit entfernt stand.

Marib hatte Goldwing mit großen Augen angestarrt. Auch ohne, dass er verstand, schien er zu spüren, dass Gefahr drohte. Goldwing warf ihm nur ein kurzes »Huh« zu, was vielleicht so viel wie »Mir nach« hieß, und flatterte los. Sie hatten gerade den Schutz des Häuschens erreicht, als das Auto in Sicht kam. Doch zu Floras großem Erstaunen fuhr es nicht vorbei, sondern hielt an. Direkt vor dem Haus des Großvaters. Sofort öffnete sich die hintere Wagentür und heraus sprang – Stella!

Flora und Goldwing schauten sich völlig verdutzt an. Was machte sie hier denn noch so spät? Flora ergriff Panik. Sie hatte das Gefühl, ihr wackeliger Plan geriet komplett außer Kontrolle. Eigentlich hatte sie gedacht, dass sich Stella und Marib erst einmal alleine trafen. Und dass Stella dann noch mal mit ihren Eltern reden und sie sich das in Ruhe überlegen konnten. Was war, wenn sie sich jetzt überrumpelt fühlten und auf ihrer Entscheidung beharrten? Dann wäre Marib sofort wieder auf und davon. Und Stella noch unglücklicher als zuvor, weil sie wusste, dass nun ihre letzte Chance vertan war. Bei der Vorstellung, dass sich vielleicht genau so ein Drama gleich vor ihrer

Nase abspielen würde, blieb Flora fast die Luft weg. Stella und ihre Eltern durften Marib auf keinen Fall entdecken!

»Goldwing, wir müssen –«, flüsterte sie ihrer Eule aufgeregt zu, doch da fuhr ihr der Schreck in alle Glieder. Marib war einfach hinter dem Häuschen hervorgetreten! Flora stand da wie gelähmt, unfähig, auch nur einen Zeh zu bewegen. Dabei hätte sie sich am liebsten mit einem Hechtsprung an Maribs Hals geworfen und ihn wieder in ihr Versteck gezerrt. Aber dafür war es jetzt zu spät, denn da hörte sie schon Stellas Freudenschrei. Marib trabte sofort los und Flora und Goldwing blieb nichts anderes übrig, als ihm hinter der Hauswand hinterherzuschauen. Sie sahen, wie Stella auf den weißen Hengst zurannte, hörten sein freudiges Wiehern, bis Stella ihm mit einem großen Satz um den Hals fiel.

»Marib!«, rief sie und grub den Kopf in seine Mähne, die seidig schimmernd auf sie herabfiel. Ganz fest drückte sie sich an ihn, während Marib seine Nase an ihrer Schulter rieb. Das Glück und die Freude, die die beiden empfanden, kam Flora vor wie eine glitzernde Fontäne, die in die Luft schoss und deren Kraft selbst hier hinten bei ihnen zu spüren war. Fühlten das Stellas Eltern nicht auch?

In der Tat standen die beiden da und blickten lächelnd auf ihre Tochter. Flora bemerkte, wie sich Stellas Mutter ein paar Mal über die Wange fuhr. Weinte sie? Auf die Entfernung konnte Flora das schlecht erkennen, aber verstehen würde sie es. Schließlich gingen die Eltern zu Stella und Marib. Ein bisschen zögerlich zunächst, als wollten sie die beiden nicht stören.

Als Stella sie bemerkte, hob sie den Kopf, ohne jedoch die Arme von dem schönen Hengst zu nehmen.

»Jetzt lassen wir Marib nie wieder gehen«, verkündete sie und schaute ängstlich zwischen ihren Eltern hin und her. Und als die nichts sagten, schob sie ein etwas zittriges »Oder?« noch hinterher.

Da ergriff Stellas Mutter die Hand ihres Mannes, der sie mit gerunzelter Stirn anschaute.

»Ja, jetzt lassen wir Marib nicht mehr gehen!«, versicherte sie und warf ihrem Mann einen ernsten Blick zu. Und schließlich nickte auch er.

»Wir werden eine Lösung finden«, versprach Stellas Mutter. »Eine, bei der Marib sein Zuhause behalten kann. Und du deinen Freund.«

»Ja! Ja! Ja!«, rief Stella und fiel ihrer Mutter strahlend um den Hals. Auch Flora hätte am liebsten ganz laut »Ja!« gerufen, aber das ging natürlich nicht. Doch ihre Eule mit beiden Händen hochnehmen und ihr einen Kuss direkt zwischen ihre Puschelohren drücken, das ging!

13

Happy End

Eine Weile stand Stella mit ihren Eltern noch da. Sie konnte die Hände gar nicht von Marib lassen und erzählte dauernd von ihrem Opa. Dass Marib sein bester Freund gewesen war und was er ihr alles über ihn erzählt hatte. Ihre Eltern staunten. Das hatten sie gar nicht so genau gewusst.

»Ich glaube, Marib ist richtig froh, dass er jetzt zu Hause ist«, meinte Stellas Mutter und legte lächelnd einen Arm um ihre Tochter.

»Sieht ganz so aus«, meinte auch Stellas Vater mit einem Blick auf den Hengst, der den Kopf immer wieder an Stellas Brust drückte. »Aber es ist schon spät. Wir sollten ihn in den Stall bringen. Du kannst ihn ja morgen gleich nach der Schule besuchen.«

Stella nickte. »Hast du Hunger, mein Freund? Ich habe alles für dich vorbereitet. Komm mit.«

Marib folgte den dreien Richtung Haus. Als sie den Zaun erreichten, hinter dem sich ihnen die üppig blühenden Rosenbüsche entgegenreckten, senkte er den

Kopf, um daran zu schnuppern. Für ein paar Sekunden schloss er die Augen und stand einfach nur da. Sein Körper schimmerte hell vor den dunklen Sträuchern und die Blüten umrahmten ihn wie einen Kranz. Bestimmt erinnerte ihn ihr Duft an den Großvater und an ihre gemeinsame, glückliche Zeit. Ohne ihn war alles anders, aber mit Stella gleichzeitig immer auch noch ein bisschen wie früher.

Nun hob er den Kopf und schaute sie lange an. Da legte sie die Hand an seinen Hals und sagte: »Komm nach Hause.«

Sie ging voraus zur Weide und wollte schon den Balken am Koppeleingang zur Seite schieben, als Marib mit einem gewaltigen Sprung leichtfüßig darüber hinwegsetzte. Wie wunderschön sein Fell in den letzten Strahlen der untergehenden Sonne schimmerte, fast verliehen sie ihm einen goldenen Schein. Wenn Flora ein Handy gehabt hätte, hätte sie genau in diesem Moment ein Foto gemacht. Aber sie wusste, dass sie auch so dieses Bild von Maribs glücklicher Rückkehr nie vergessen würde.

Als Stella sich mit ihren Eltern auf den Heimweg machte und das Auto brummend um die Kurve gebogen war, trauten sich Flora und Goldwing aus ihrem Versteck.

Schon von Weitem sahen sie Marib, der auf der Koppel stand und nach ihnen Ausschau hielt. Als er sie entdeckte, wieherte er, doch bevor Goldwing ihm antworten konnte, wieherte Marib schon weiter. Auch ohne, dass Flora verstand, was er sagte, hörte sie, wie glücklich er war.

»Marib ist froh, dass er wieder da ist«, bestätigte Goldwing, als der Hengst schließlich verstummte.

»Er weiß, dass sein Platz hier ist, mit Stella, und nicht in dieser dornigen Festung. Und er ist dankbar, dass wir ihm geholfen und das Treffen mit Stellas Eltern organisiert haben. Jetzt weiß er, dass alles gut wird.«

Flora strahlte.

Was für ein Glück, dass ihre Notlüge ganz zufällig nun aussah wie der perfekte Plan. Und dass das alles

andere als geplant gewesen war, mussten sie Marib ja nicht verraten.

Als Flora nach Hause kam, sprang ihre Mutter sofort vom Abendbrottisch auf.

»Flora, wo warst du so lange? Wir haben uns Sorgen gemacht!«

»Es war so schön draußen und ich bin einfach ein bisschen auf Entdeckungstour gegangen«, erklärte Flora.

Zu gern hätte sie erzählt, *was* sie alles entdeckt hatte. Sogar magisches Moos!

»Hätte ich auch lieber gemacht, als beim Zahnarzt stundenlang im Wartezimmer zu sitzen«, maulte Felix und schnappte sich eine der leckeren kleinen Naschtomaten.

»Dann hab ich noch Stella getroffen«, fuhr Flora fort und schnappte sich schnell auch eine, bevor alle weg waren. »Und ratet mal, wen noch.«

Lächelnd blickte sie in die gespannten Gesichter.

»Miri?«, versuchte es Felix.

Flora schüttelte den Kopf. »Fängt aber auch mit ›M‹ an.« Sie legte eine kurze Pause ein, bevor sie triumphierend verkündete: »Marib, den verschwundenen Hengst!«

Ihre Eltern lächelten, als sie Floras strahlendes Gesicht sahen.

»Dann wundert es mich, dass du jetzt schon zurück bist«, meinte ihr Vater schmunzelnd.

»Ich wäre auch gerne noch geblieben«, gestand Flora. »Marib ist wirklich ein ganz besonderes Pferd. Und wunderschön!«

»Stella ist sicher wahnsinnig froh, dass er wieder da ist«, meinte ihre Mutter. »Darf er denn jetzt bleiben?«

Flora nickte. »Ja, das darf er.«

Felix verdrehte die Augen. »Ohhh, das klingt ja richtig nach Happy End, wie im Kino«, seufzte er mit gespielt süßlicher Stimme.

Flora lachte. »Sogar noch besser, denn das ist live und in echt!«

Als Flora Miri am nächsten Tag in der Schule von den Neuigkeiten berichtete, war auch sie hin und weg. »Wie schön! Das müssen wir auf jeden Fall gleich Sarah erzählen. Fahren wir nachher zusammen hin? Um 17 Uhr soll es losgehen.«

Flora stutzte kurz, dann nickte sie. Sie hatte fast vergessen, dass sie heute alle bei Sarah den Film anschauen wollten.

»Kommen die anderen auch?«, fragte sie.

»Ja, das haben sie gesagt.« Miri rückte ein bisschen näher an Floras Ohr. »Nathalie kann leider nicht«, flüsterte sie. »Sie trifft sich heute mit ihrer *Tante.* Bisher hat sie ja noch nie eine erwähnt. Auf jeden Fall klang sie richtig wichtig und irgendwie megastolz. Weiß gar nicht, was daran so besonders ist.«

Miri schüttelte den Kopf, doch Flora nickte. In Nathalies Fall war das wirklich etwas Besonderes und sie freute sich, dass sich Nathalie nun wenigstens mit ihrer Tante traf. Und wer weiß, vielleicht eines Tages auch mit ihrer Mutter?

Nachdenklich schaute Flora aus dem Fenster und überlegte sich, wie das wohl für Nathalie sein würde. Da bohrte sich ein Finger in ihre Seite.

»Was spukt dir denn wieder durch den Kopf?«, wollte Miri wissen.

Flora wurde es kurz ganz heiß. Was sollte sie sagen?

»Pferde natürlich«, platzte sie da heraus.

Ein Lächeln huschte über Miris Gesicht. Das konnte sie verstehen!

»Wie Dusty und Donna im Film wohl rüberkommen?«, überlegte Flora.

»Bestimmt mega!« Jetzt schaute auch Miri verträumt nach draußen. »Und dann noch der blaue

Himmel, die blühenden Wiesen ... Da war doch einfach alles perfekt.«

»Ja, das war es«, pflichtete Flora ihr bei. Auch wenn es für sie noch viel perfekter gewesen wäre, wenn da eine kleine Eule durchs Bild geflogen wäre. Eine Eule mit goldenen Flügeln! Doch für Flora war Goldwing sowieso immer dabei. Immer und überall – in ihrem Herzen!

Auf Flora und Goldwing warten
spannende Zeiten!

Halte Ausschau nach Band 14
ISBN 978-3-401-60461-9
Erscheint im Frühjahr 2021

Tauche jetzt noch tiefer ein in die
Welt der Zaubereulen. Ein geheimer Ort,
große Aufgaben und jede Menge Magie
warten auf euch in …

Zaubereulen in Federland

Band 1

ISBN 978-3-401-60535-7

Ina Brandt

Eulenzauber

Ein goldenes Geheimnis
978-3-401-60102-1

Rettung für Silberpfote
978-3-401-60103-8

Eine wunderbare Freundschaft
978-3-401-60131-1

Magie im Glitzerwald
978-3-401-60133-5

Arena

Alle Bände auch als E-Books und als
Hörbücher bei Arena audio erhältlich

Jeder Band:
Gebunden
www.eulenzauber-lesen.de
www.arena-verlag.de

Ina Brandt
Eulenzauber

Rätsel um die Goldfeder
978-3-401-60188-5

Hilfe für das kleine Fohlen
978-3-401-60275-2

Geheimnisvoller Edelstein
978-3-401-60299-8

Ein neuer Freund für Goldwing
978-3-401-60381-0

Ina Brandt

Die Zauberschneiderei

Leni und der Wunderfaden
978-3-401-60354-4

Ein Fest voller Magie
978-3-401-60355-1

Ein Kleid zum Träumen
978-3-401-60356-8

Ein märchenhafter Auftritt
978-3-401-60357-5

Jörg Steinleitner

Die Barfuß-Bande und die geklaute Oma

Wer denkt, dass Sommerferien auf dem Dorf langweilig sind, der hat sich getäuscht: Ausgerechnet am ersten Ferientag verschwindet Tannes Oma Schnitzel spurlos. Gut, dass Corvin (9), Kiki (10), Ben (10) und Tanne (11) eh gerade eine Bande gründen wollten: die Barfuß-Bande. Und die hat es bald nicht nur mit Barfüßen und einer entführten Oma, sondern auch mit einem richtigen Schatz zu tun.

Auch als Hörbuch bei JUMBO

Arena

160 Seiten • Gebunden
Mit farbigen Illustrationen
von Daniea Kohl
ISBN 978-3-401-60475-6
www.arena-verlag.de

Tannenbach
Frau Timmigs Haus
Tannenbach
Schule
Gasthaus
›Zur Goldenen Eule‹
Reitverein

FASZINATION HARLEY-DAVIDSON

MALCOLM BIRKITT

FASZINATION HARLEY-DAVIDSON

MALCOLM BIRKITT

HEEL

IMPRESSUM

HEEL-Verlag GmbH
Wintermühlenhof
53639 Königswinter
Telefon 0 22 23/92 30-0
Telefax 0 22 23/92 30-26

Für die Originalausgabe:
Erstveröffentlichung: 1992 by
Osprey Publishing, vertreten
durch Reed Consumer Books Ltd.,
Michelin House, 81 Fulham Road,
London SW3 6RB
England

Design: Angela Posen

Übersetzung:
Joachim Hack, Bonn

Umschlaggestaltung:
Olaf Schumacher, Bonn

Satz (Fremddatenübernahme):
Mänken GmbH, Bonn

Druck:
Lorenz Ellwanger, Bayreuth

Für die deutsche Ausgabe:

ISBN 3-89365-409-7

Halber Titel
Freie Straßen, einladende Kurven und gleißender Sonnenschein — das ist der Harley-Himmel. Das Bild wurde in Aspen, Colorado, aufgenommen. (Mac McDiarmid)

Titel:
Harley-Watching in Daytona Beach.

Inhalt

Japanische Nostalgie-Bikes in Harley-Manier kommen und gehen, aber auch in den stilbewußten 90er Jahren kommen Motorräder wie dieses nur aus Milwaukee…

Einführung

Welches Wort außer „Mom“ lassen sich erwachsene Männer auf Brust und Bizeps tätowieren? Welches amerikanische Unternehmen besitzt einen der weltweit bekanntesten und ältesten Namen? Es gibt nur eine Antwort auf beide Fragen – Harley-Davidson. Das im Jahre 1903 gegründete Unternehmen ist heute, nach vielen schweren Jahren, Amerikas einziger großer Motorradproduzent, und seine Maschinen sind zu wahren Kultobjekten geworden. Sie stehen in der amerikanischen Mythologie in einer Reihe mit dem unvermeidlichen „apple pie“ und der Freiheitsstatue.

Jedes Motorrad, das sich mit dem ominösen Harley-Signet schmücken darf, ist geradezu eine Skulptur aus Metall. Mit ihrem riesigen, ballernden V-Twin vermitteln sie ihren Fahrern ein einzigartiges Gefühl von Stolz, Kraft und persönlicher Freiheit – letzteres zweifellos besonders wichtig fürs Selbstverständnis des Amerikaners. Dieses Image ist derart klar definiert, daß sich sämtliche japanischen Hersteller schon seit Jahren darin zu überbieten versuchen, den klassischen Harley-Look zu imitieren – allerdings nur mit begrenztem Erfolg. Die Motorradfreaks in den USA sind sehr darauf bedacht, persönlichen Stil und Individualität zu wahren und dokumentieren so, daß die japanische Art Motorräder zu konzipieren, zu bauen und zu vermarkten nicht notwendigerweise die beste ist. Viele greifen deshalb bewußt zu einem im eigenen Land gefertigten Produkt, das von Ingenieuren und Arbeitern entwickelt und zusammengebaut wird, die sich ein Auge für Traditionen bewahrt haben. Harleys sind eben keine anonyme Importware, die von Computerheerscharen konstruiert und von Roboterarmeen produziert wird.

Die derzeit in Milwaukee vom Band rollenden Maschinen sind, verglichen mit den weit komplexeren und technisch ausgefeilteren Japan-Bikes, hoffnungslos veraltet und hinken leistungsmäßig und in ihrer Effizienz weit hinter der „Konkurrenz“ her – allerdings sind sie den motorradfahrerischen Bedingungen in den USA bestens angepaßt. Harleys sind zwar nicht direkt lahm, aber kaum jemand kauft sich eine wegen des erreichbaren Topspeeds – man fährt mit ihnen nämlich um so besser, je langsamer man es angehen läßt; allein schon deswegen, weil auf kurvigen Strecken nur wenig Schräglage möglich ist und die serienmäßigen Bremsen auch nicht gerade zu forscher Gangart ermutigen… Trotz dieser grundlegenden Mängel genießen die zweirädrigen Dickschiffe bei zahllosen Bikern auf dem nordamerikanischen Kontinent (und nicht nur dort) geradezu göttlichen Status.

Patriotismus erklärt aber nur zum Teil Harleys Popularität. Auch in Europa, wo das Motorradfahren weit reglementierter abläuft, hat der Kult kräftig Fuß gefaßt und eine neue Farbe in die Big-Twin-Szene gebracht, die traditionell von BMW, Ducati und Moto Guzzi dominiert wurde. Wie in den USA, gehört auch hier mittlerweile das Flanieren auf der Harley zum guten Ton – sehen und gesehen werden.

Auf welcher Seite des Atlantiks man auch seine Studien treibt, das Phänomen Harley-Davidson hat mit den Leuten, die eine fahren, ebensoviel zu tun, wie mit den Maschinen selbst. Der typische Biker mit Vollbart, der rittlings auf seiner Custom-Harley hockt, mag ein moderner Rebell sein, er könnte im Alltag aber auch Computerprogrammierer sein, oder Rechtsanwalt, oder Vorstandsvorsitzender. Das äußere Erscheinungsbild führt hier mitunter mächtig in die Irre – hinter der oft so verwegenen Fassade verbergen sich nicht selten die nettesten Leute, die man sich denken kann. Dieses Buch soll nicht zuletzt deren Kameradschaftlichkeit würdigen, deren Vitalität und deren Liebe zum Motorradfahren auf ganz besondere Art.

Gleichfalls soll hier jenen gedankt werden, die dem vorliegenden Buch ihre wertvolle Mitarbeit und Unterstützung haben zuteil werden lassen. Besonders hervorheben möchte ich dabei Nicole und Tom Barnes aus Houston, Texas, Mac McDiarmid und David Goldman aus London sowie Roger Winterburn von „Windy Corner“, der Harley-Vertretung aus Barwell, nahe Leicester.

Unten

Der typische Harley-Biker wie er leibt und lebt – Dangerous Don patroulliert auf seiner betagten FLH am Strand.

„Cruisin'n'posin" – zentraler Bestandteil der Harley-Welt.

Bestimmte, immer wiederkehrende Symbole sind mit dem Namen Harley-Davidson ebenso untrennbar verbunden wie mit der amerikanischen Patriotenseele – Stars and Stripes und mehr Seeadler als man je in freier Natur entdecken wird.

Kleiner Tank, großer V-Twin, Springer-Gabel, Massen von Chrom – das kann nur eine Harley sein.

Zwei große, altertümlich wirkende Stahlrösser, gestaltet nach dem Maßstab amerikanischer Weiten, hier in Old Dodge City. (Mac McDiarmid)

Wenn das nicht ein Nummernschild mit persönlichem Touch ist – besonders unter Harley-Fahrern ein beliebtes Spiel.

Die amerikanische Flagge bildet einen passenden Hintergrund zu einer der neuesten Harley-Schöpfungen – der Sturgis. Benannt nach dem legendären jährlichen Bikertreffen in den Black Hills von South Dakota, zeigt auch dieses Modell, wie es der Marke immer wieder gelingt nach vorne zu schreiten, ohne den Blick in die Vergangenheit zu vergessen. Der niedrig bauende Rahmen der Dyna Glide ruft Reminiszenzen an die kompakten Proportionen alter Starrahmen-Modelle wach.

Wohin der Blick auch schweift – sogar in den Rückspiegeln wird man daran erinnert, auf welchem Motorrad man unterwegs ist.

Ursprünge

Als drei Herren namens Davidson zusammen mit Mr. Harley im Jahre 1903 ihr erstes Motorrad bauten, hatten sie keine Ahnung, daß sie gerade eine amerikanische Legende schufen. Ebensowenig hätten sie voraussagen können, wie wechselhaft das Schicksal ihres Unternehmens werden würde, und was 1985 beinahe passiert wäre: Daß nämlich Harley-Davidson, gebeutelt von argen Finanznöten, fast zur historischen Fußnote verkommen und die Vereinigten Staaten ihres letzten Rests heimischer Motorradindustrie und eines nationalen Symbols verlustig gegangen wäre.

Indian, der andere legendäre, lange Zeit sogar größere Produzent, hatte sich Mitte der 50er Jahre von der Bühne verabschieden müssen. Drei Jahrzehnte später stand auch das Unternehmen aus Milwaukee auf der Kippe, war sogar nur Stunden vom Bankrott entfernt, als man sich doch noch auf einen Sanierungsplan einigen konnte.

Mit dem einsetzenden Motorrad-Boom der frühen 70er Jahre weitete der zur DuPont-Gruppe gehörende Freizeitgeräte-Konzern AMF, Harleys damaliger Besitzer, die Produktionszahlen auf Kosten der Qualität enorm aus. Am Ende dieses Jahrzehnts standen die Mannen aus Milwaukee folgerichtig vor einem Scherbenhaufen: unzuverlässige Motorräder, eine mit Macht vordrängende japanische Konkurrenz und Umsatzeinbrüche im Motorradmarkt. Bis in die frühen 80er Jahre waren die Absatzzahlen auf einen absoluten Tiefpunkt gefallen und der gute Ruf der Marke ernstlich beschädigt.

Immer weniger Motorradfahrer schienen Lust zu haben, Reparaturen am Straßenrand durchzuführen, ihr liegengebliebenes Dickschiff auf einen Abschleppwagen verladen zu lassen oder eigenhändig nach Hause zu schieben. Den Glücklichen, deren Harley tatsächlich funktionierte, war der alltägliche Anblick von Ölflecken vor der Haustür auch nicht mehr länger zuzumuten. Harley-Händler wurden geradezu von einer Flutwelle von Garantieansprüchen überrollt.

Welch ein Unterschied zur heutigen Situation! Nicht nur die Ölundichtigkeiten gehören der Vergangenheit an, auch die Zuverlässigkeitsprobleme konnten gelöst werden. Ein neuer Motor, natürlich immer noch in traditioneller V-Twin-Konfiguration, brachte frischen Wind, und die Qualitätskontrolle von Zulieferteilen und am Fließband konnte radikal verbessert werden.

Eine makellose Shovelhead, sauberer als sie vor zwanzig Jahren das Werk verließ, bei einer abendlichen Ausfahrt.

DAVIDSON

Oben
Diese gut erhaltene Shovelhead FLH sieht aus, als sei sie für die Ewigkeit gemacht. Eventuelle Beifahrer sollten indes über Nehmerqualitäten verfügen.

Rechts
Das Alter einer Harley rückt in den Hintergrund, weil ihre Optik über die Jahre nahezu gleichgeblieben ist. Der Fahrer dieser seitengesteuerten 45 – ehemals in großen Stückzahlen produziert, heute ein Sammlerstück – bekennt sich jedoch mit seinem antiken Halbschalenhelm zur glorreichen Vergangenheit.

Dennoch ist bei alledem kein bißchen vom urigen Charakter oder der traditionellen Ausstrahlung einer Harley verlorengegangen.

Als Krönung des Ganzen kehrte auch die wirtschaftliche Stabilität bei Harley wieder ein, nachdem man sich vom Würgegriff des AMF-Konzerns befreit hatte und an die Börse ging. Trotz schlechter Konjunkturlage zeigte die Profitkurve bald einen erfreulichen Aufwärtstrend. Nicht zuletzt in Europa konnten enorme Zuwachsraten verzeichnet werden.

Obwohl Harley nur einen Anteil von etwa 15% am von japanischen Anbietern dominierten US-Motorradmarkt hält, ist es der Marke gelungen, ihre Nische zur schier uneinnehmbaren Festung auszubauen. Viele Motorradfahrer wenden sich nämlich heute ab von den überaus komplexen fernöstlichen Technikspielzeugen und lernen wieder die elementare Natur einer Harley schätzen, bekommen einen Sinn für ihre Tradition oder lieben schlicht das Image, das sie auf ihren Fahrer überträgt. Trotz unterschiedlichster Herangehensweisen sind sich in einem Punkt alle einig: Es gibt keine Alternative zur amerikanischen Legende auf zwei Rädern.

KAY'S
OACH HOUSE
Seafood

In diesem Zusammenhang ist es nicht überraschend, daß sich während der letzten 35 Jahre die typische Art einer Harley kaum verändert hat, obwohl es eine Reihe technischer Verbesserungen gab, wenn sie denn unvermeidlich erschienen. Die Modellpalette umfaßt nach wie vor die Sportster mit ihren kleinervolumigen V-Twins, die großvolumigen „Custom and Cruising"-Typen sowie als Höhepunkt die überschweren Tourer. Nachdem man in den USA immer noch viel Gewicht mit viel Qualität gleichsetzt, ist Harley hier exzellent vertreten.

Während die großen Vier aus Japan immer noch auf grenzenloser Leistungssuche sind und unablässig neue Designvarianten vorstellen, bleibt Harley bei dem, was man kann. Mit kiloschweren Chromverzierungen, den formvollendeten Tanks und dem klassischen luftgekühlten V-Twin in einem soliden Rohrrahmen sehen die Dampfer aus Milwaukee immer noch so aus – und hören sich auch so an! – wie echte Motorräder. Wenn die Firmenspitze alle Sinne beisammen hat, wird sie die Maschinen auch genauso belassen.

Viele betrachten Willie G. Davidson, den Enkel eines der Gründer und gegenwärtig Stylingchef, als den eigentlichen Treuhänder des Harley-Erbes. Obwohl schon in den Fünfzigern, erfüllt er mit seinem Vollbart, langen Haaren und lässiger Kleidung das Klischee des typischen Harley-Fahrers. Zudem tummelt er sich mit Wonne in der bodenständigen Bikerszene Amerikas und versichert, wann immer er sich öffentlich äußert, daß die Maschinen auch in Zukunft ihr gewisses Etwas behalten werden.

Die Zeit, als Harley unter der Kontrolle des AMF-Konzerns stand, war ein unerfreuliches Kapitel der Firmengeschichte. Versuche einer Produktionsausweitung, um vom Zweiradboom der 70er Jahre zu profitieren, gingen auf Kosten der Qualität.

Harley-Davidson

Oben
Diese Electra Glide mit Shovelhead-Motor erstrahlt im eleganten weißgrauen Farbdesign und ist geschmackvoll hergerichtet – außerdem ist für eine effektive Gemischaufbereitung gesorgt . . .

Rechts
Zwischen den Sportster- und FL-Modellen bietet Harley eine ganze Palette bereits ab Werk attraktiv aufgemachter Varianten an, wie etwa diese Heritage Softail Classic – Mittelklasse, aber nicht Mittelmaß.

RADIATOR
HARLEY DAVIDSON
Heritage Softail

Sie ist ebenso Teil der amerikanischen Kultur wie das Empire State Building – die Heritage Softail. Die abgebildete Maschine, ein in limitierter Stückzahl produziertes '89er-Modell, hatte einen Galaauftritt anläßlich des 23. Superbowl-Finales.

Harleys Superdampfer – die Electra Glide Classic. Komfortable Trittbretter für Fahrer und Beifahrer gehören zur Serienausstattung aller FL Tourer.

V für Victory

Harley-Davidson und der V-Twin – zwei schon fast synonyme Begriffe. Da überrascht es fast schon, daß die erste Harley im Jahre 1903 nur von einem Einzylinder befeuert wurde. Aber bereits 6 Jahre später wurde das V-Twin-Layout eingeführt und bis heute zum Markenzeichen aller Harleys. Und warum? Ganz einfach – dieses Motorenkonzept ist leichtgewichtig, kompakt, effizient und paßt sich ideal an die Proportionen eines Motorrads an. Im Falle Harley hat es sich seit mehr als 80 Jahren bewährt, und auch seine Zukunft scheint auf Jahre hinaus gesichert.

Während die großen Vier aus Japan in den 70er Jahren die Multizylinder-Technik perfektionierten und auch viele europäische Hersteller vor allem auf Leistungssteigerung fixiert waren, blieb Harley bei der traditionellen Form der Motorisierung. Man verbesserte den großvolumigen V-Twin bedächtig aber stetig, während die Konkurrenz mit drei, vier und sogar sechs Zylindern aufwartete – Harley verlor nie den Glauben an die Überlegenheit des eigenen Konzepts.

Ein V-Motor hat eine Reihe weiterer Vorteile: Er ist simpel aufgebaut – natürlich hat er weniger bewegliche Teile als ein Multizylindermotor, deshalb verfügt er über eine besonders hohe Haltbar- und Zuverlässigkeit, und Wartungsarbeiten kann man, wenn man will, selbst durchführen. Zudem kann kein anderes Motorenlayout eine ähnlich kompakte, steife Kurbelwelle vorweisen. Und weil ein Zylinder direkt hinter dem anderen plaziert ist, resultiert die V-Twin-Konfiguration auch in einer extrem geringen Baubreite, so daß größtmögliche Schräglagenfreiheit gegeben ist. Allerdings – Harley-Fahrer neigen nicht gerade dazu, dies auszunutzen.

Die Mannen aus Milwaukee blieben auch deshalb bei ihrem V-Twin, weil er ganz unten im Motorradrahmen installiert werden kann, was einen besonders niedrigen Schwerpunkt ergibt. Das bringt eine höhere Fahrstabilität und eine angenehm niedrige Sitzhöhe mit sich. Jedes Aggregat hat für beide Zylinder nur einen Vergaser, der raumökonomisch im 45-Grad-Winkel dazwischensitzt. Er ist wesentlich einfacher einzustellen als eine Viervergaserbatterie und verbraucht entsprechend weniger Benzin.

Die Sportster ist den größeren Modellen mittlerweile recht nahegekommen. Obwohl der Evolution-Motor drehmomentstark ist, fand die Einführung eines Fünfganggetriebes bei 883-ccm-de-luxe- und 1200-ccm-Modellen großen Beifall. Butterweiche Gangwechsel sind nun die Norm, und das gesamte Drehzahlniveau ist gesunken.

Jeder, der eine Harley wegen ihrer feurigen Leistungsentfaltung kauft, oder um möglichst schnell von Punkt A nach Punkt B zu kommen, hats nicht kapiert. Die gegenwärtig produzierten 883, 1200 und 1340 ccm großen V-Twins liefern jede Menge Durchzug aus dem Drehzahlkeller und garantieren damit verblüffende Ampelstarts und zügige Überholmanöver. Die obere Drehzahlgrenze – 5200/min für die großen, ca. 6000/min für die „kleinen" Motoren – ist wegen der großen Kolben recht niedrig ausgefallen. Der Beschleunigungssprint ist daher nicht schneller absolviert als mit einer gutgehenden japanischen 250er, und auch der Topspeed liegt auf etwa vergleichbarem Niveau bei rund 160 km/h. Dies wollen aber nur die wenigsten Harley-Fahrer ausloten – schließlich wollen sie nicht öfter bremsen müssen als unbedingt nötig...

Nein, man legt sich eine Harley mit all ihrem Poltern und den Vibrationen deshalb zu, weil man möglichst gleichmäßig fahren will. Mit anderen Worten, der V-Twin läuft am besten bei maßvollem Tempo – so zwischen 80 und 110 km/h – und ist deshalb ideal auf die Fahrgewohnheiten in den USA abgestimmt.

Drehzahlorgien und Kurvenräuberei überläßt man besser den Möchtegern-Rennfahrern auf ihren fernöstlichen Superbikes. Das Leben auf einer Harley ist da viel relaxter dank des rhythmischen Stampfens ihrer beiden Zylinder. Wenn die Ausfahrt also ein wenig länger dauert, ist das völlig okay – warum die Hast? Lehn' Dich zurück, genieße die Aussicht und lausche der Musik des besten V-Twins aller Zeiten.

Rechts
Harleys jüngstes Antriebsaggregat ist der 1984 eingeführte V2-Evolution-Motor. Sein Name wurde deshalb gewählt, weil das Kurbelgehäuse auf ein V-Twin-Design von 1936 zurückgeht. Die Trennung von Motor und Getriebe wurde beibehalten, aber das aktuelle Triebwerk ist absolut öldicht.

Großes Bild
Weil beide Auspuffrohre auf der rechten Motorseite verlaufen, zeigt sich der V2 kupplungsseitig ziemlich nackt. Der Fahrer kann sein Spiegelbild aber im riesigen polierten Primärkettenkasten bewundern, der hier gerade abmontiert ist.

Nach wie vor umgeben von einem massiven Doppelrohrrahmen erinnert der gewaltige V-Twin daran, daß viele Biker das Elementare an ihren Maschinen lieben, daß Technik sichtbar bleiben muß. Der Motor liegt voll im Kühlluftstrom und zeigt seine Muskeln ungeniert.

Der Evolution-Motor verfügt über Zylinderköpfe und Zylinder aus Aluminium, wobei letztere mit Gußlaufbuchsen bestückt sind, um eine gleichmäßigere und effektivere Hitzeverteilung zu gewährleisten. Harley ist beim Zylinderwinkel von 45 Grad geblieben, obwohl diese Spezifikation eher willkürlich gewählt wurde.

Der Shovelhead-Motor mit 1200 ccm Hubraum erschien erstmals im Jahre 1966. Von 1978 an war eine auf 1340 ccm vergrößerte Version mit elektronischer Zündung erhältlich, 1984 schließlich wurde dieses Aggregat durch den Evolution-Twin abgelöst.

Im Unterschied zu japanischen Motorrädern versteckt eine Harley ihr Triebwerk nicht hinter einer Vollverkleidung aus Kunststoff.

Die Sportster-Modelle

Welches Motorrad verkaufte sich in den USA zu Beginn der 90er Jahre am besten? Vielleicht die Honda Gold Wing oder ein anderes vielzylindriges Japan-Bike? Nichts dergleichen – es war ein Produkt der einheimischen Industrie, und eines, das schon seit mehr als dreißig Jahren bekannt war!

Bereits seit 1957 entschieden sich viele Harley-Enthusiasten für das relativ preiswerte Einstiegsmodell – die Sportster. Im direkten Kontrast zu den Dinosauriern der Palette, etwa der Electra Glide mit ihrer Vielzahl an Zubehöroptionen, verkörpert die Sportster Motorradfahren in seiner reinsten und einfachsten Form.

In einer Zeit, da Zweiräder, speziell jene aus Fernost, nahezu undurchschaubar komplex geworden sind, trägt einen die kleinste Harley zurück in eine Ära technischer Unschuld. Es gibt die Sportster schon so lange, daß sie alle Höhen und Tiefen des Motorradmarkts kennt. Sie ist rank und schlank, vermeidet überflüssigen Ballast. Sie stellt schlicht ein leichtgewichtiges, kraftvolles, handliches Stück Motorrad dar, zu nichts anderem gedacht, als Fahrspaß zu bieten.

Trotz ihrer langen Produktionsdauer hat sich die äußere Erscheinung der Sportster kaum verändert. Ein hoher Lenker wölbt sich über dem typischen Tropfentank, der seinerseits knapp oberhalb der bekannten V2-Silhouette thront. Chromverziert präsentieren sich der kleine Hauptscheinwerfer, die Auspuffanlage, der Luftfilter und die hinteren Federbeine – eine perfekte Ergänzung zu den polierten Aluminiumoberflächen allüberall. Nach wie vor verfügt das Standardmodell mit 883 ccm Hubraum nur über einen Sitz, während die de-luxe- und 1200-ccm-Typen auch Platz für einen Mitfahrer bieten.

Mag die Sportster optisch von jeher auch spartanisch wirken, so brachten einige technische Neuerungen doch eine Annäherung an moderne Gebräuche. Abgesehen von der Einführung des Evolution-Motors im Jahre 1986, begannen die 90er mit einem Fünfganggetriebe und dem Zahnriemenantrieb aufs Hinterrad, ähnlich den großen Modellen. Tatsache ist, daß kaum ein Teil einer Sportster der mittachtziger Jahre in den heutigen Modellen noch zum Einbau gelangt.

Obwohl sie auf gerader wie auf kurvenreicher Strecke einer Glide überlegen ist, führt die Assoziation „Sportster gleich sportlich" immer

Ob Harley-Davidson stolz auf das neue Fünfganggetriebe der jüngsten Sportster-Generation ist…?

HARLEY-
Sportster
5
DAVIDSON

noch in die Irre, verglichen mit den Maschinen anderer Hersteller. In den 50er Jahren sah das aber noch weit schlimmer aus!

Mehr als zwei Dekaden mühte sich Harleys gußeiserner Bauernmotor redlich, die Fuhre in Schwung zu bringen. Erst mit dem Evolution-Aggregat änderte sich dieser Zustand. Die neue alte 883-ccm-Variante hauchte zusammen mit dem 1100-ccm-Modell der Sportster-Baureihe neues Leben ein.

Vergessen Sie die Sportster, wenn Sie komfortabel lange Distanzen zurücklegen wollen. Der kleine Tank, der hohe Lenker, eine dünn gepolsterte Sitzbank und das hart abgestimmte Fahrwerk fordern dabei ihren Tribut. Hingegen für kurze Ausritte in die Umgebung, oder – besser noch – für allfällige Flanierfahrten in die City gibt es keine geeignetere Maschine. Gerade wegen ihres beschränkten Einsatzbereichs war die Fähigkeit einer Sportster zum Posieren weit stärker ausgeprägt als ihre anderen Qualitäten. Doch dieses Mißverhältnis bessert sich zusehends, und für viele Fans bietet die Sportster eine immer attraktiver werdende Möglichkeit zum Einstieg ins Harley-Programm.

Oben
Etwas für Wassersportler? Diese XLH von 1970 befindet sich im Harley-Museum in York, Pennsylvania, und zeigt ein ungewöhnliches Sitzbankdesign, dessen hinterer Abschluß einem Bootsheck ähnelt. Ansonsten: Sportster pur! (Mac McDiarmid)

Rechts
Ein Strand, die warme Abenddämmerung und eine 1200-ccm-Sportster mit Fünfganggetriebe geben zusammen ein großartiges Fotomotiv ab. Im Bild ein sportlicher Einsitzer – wenn es den Eigner gelüstet, kann er daraus aber auch eine Reisemaschine machen, mit großer Lenkerverkleidung, Stufensitzbank, Packtaschen usw. Der Phantasie sind keine Grenzen gesetzt. (David Goldman)

Der „Screaming Eagle"-Luftfilter ist ein beliebtes Zubehörteil für Sportster-Modelle. Der Besitzer dieser Maschine hat überdies einen Lenkungsdämpfer, einen Ölkühler und eine Schalthebelumlenkung auf die rechte Motorseite installiert.

Das Profil einer Sportster bleibt auch umgeben von blechernen Autokarossen unverkennbar. Der „Erdnuß"-Tank, der schmächtige Hauptscheinwerfer, der Hirschgeweih-Lenker und ein ovaler Luftfilterdeckel können nur eines bedeuten…

Links

Die im Werk bis zur Decke gestapelten Evo-Sportster-Motoren lassen dem Fan das Wasser im Munde zusammenlaufen – hier wird Drehmoment großgeschrieben. Es gibt vier Sportster-Varianten, drei mit dem 883-ccm-Aggregat – übrigens der gleiche Hubraum wie bei der ersten Sportster von 1957 – und eine vierte mit vollen 1200 ccm.

Oben

Die neuesten Sportster-Triebwerke werden von den ganz Hartgesottenen hin und wieder als etwas durchzugsschwach gegeißelt – vor allem aufgrund verschärfter Emissionsschutzmaßnahmen. Wie üblich gibt es aber auch hier Mittel und Wege...

Wie die großen 1340-ccm-Maschinen verfügen die Topmodelle der Sportster-Baureihe über den sauberen, geräuscharmen Riemenantrieb zum Hinterrad. XLH und „Hugger" müssen unterdessen noch mit der guten alten Kette vorliebnehmen.

Der Vorläufer der Evolution Sportster, auch Ironhead genannt, wurde bis 1985 gebaut. Die Kurbelgehäuse ähneln sich zwar, sind aber nicht untereinander austauschbar. Er prüft wohl, ob sein Tank blauer ist als im Hintergrund der Ozean …

Der britische Rennfahrer Nigel Gale setzte seine 883-ccm-Sportster in Daytona ein und gewann. Nigels Stiefel sind gut eingefahren. (David Goldman)

Im Alltag fassen die meisten ihre Sportster mit Samthandschuhen an, im Rennsport mit Produktionsmaschinen gibts jedoch keine Gnade. Knieschoner sind ein absolutes Muß. (David Goldman)

Arai
HELMET
HARLEY-
DAVIDSON

Erlaubt ist, was gefällt

Haargenau plaziert zwischen den schlanken Sportster- und den gewaltigen Tourer-Modellen produziert Harley nach wie vor großvolumige Maschinen mit unterschiedlicher Akzentsetzung: vom eher sportiv aufgemachten Schwermetall bis hin zum ultimativen Landstraßen-Cruiser. Traditionell verwenden die Motorradbauer aus Milwaukee ein berühmt-berüchtigtes System von Buchstabenkombinationen, um ihre verschiedenen Baumuster zu kennzeichnen, etwa XLH für die Sportster oder FLHTC für die Electra Glide. Die Modelle, von denen hier die Rede sein soll, sind demnach die FXS/FLS- und die FXR-Varianten.

Dankenswerterweise gibt man den einzelnen Typen neben der etwas verwirrenden Buchstabennomenklatur auch einen richtigen Namen, so werden die Fans kaum je von einer FXRS oder einer FXR, sondern von einer Low Rider oder einer Super Glide schwärmen. Recht so – schließlich sind Harleys alles andere als seelenlose Technikspielzeuge, hier gibts Charakter en masse.

Jede einzelne Harley hat zwar etwas Ursprüngliches, Elementares, aber etwa eine FXR sieht (für Harley-Verhältnisse) doch deutlich moderner aus, sie orientiert sich stärker am Zeitgeschmack – und tut dies mit großem Erfolg. Bei ihrer Premiere im Jahre 1977 fiel sofort die lange, flach angestellte Vordergabel auf und die extrem niedrige Sitzposition. Auf der anderen Seite zeigten alle Softail-Modelle eine geschickte Mischung aus überkommenen Designelementen und zeitgemäßer Technik – für viele schlichtweg die Verkörperung des Motorradideals.

Jede dieser Baureihen spricht einen Querschnitt von Fundamentalisten unter den Motorradfahrern an – jene, die einen kraftvollen Motor bei der Arbeit sehen und fühlen wollen, entweder eingekleidet in Designelemente, die, je nachdem, Geschmack und Stilbewußtsein des Bikers als Pose nach außen tragen sollen, oder aber die einmaligen Traditionslinien der Marke betonen.

Schauen Sie sich doch mal die Fahrwerkstechnik einer Softail an. Ihr Hinterrad scheint oberflächlich betrachtet starr aufgehängt zu sein, wie in (un)seligen Hardtail-Zeiten vor dem Krieg.

Tatsächlich handelt es sich aber um eine hochmoderne Zentralfederbein-Konstruktion, deren Feder-/Dämpferelement horizontal unter dem Getriebegehäuse versteckt liegt. Diese ingeniöse Lösung verleiht der Softail klassischen Look und zugleich zeitgemäße Fahr- und Komforteigenschaften.

Zurücklehnen und die Füße auf die hochgelegten Rasten – die ideale Highway-Sitzhaltung, auch wenn unser Freund im Outfit eher europäisch orientiert zu sein scheint…

Zwei Maschinen stellen die Inkarnation der heutigen Harley-Philosophie dar – Blick nach vorn, natürlich, aber niemals in Vergessenheit geraten lassen, wie es noch vor kurzer Zeit um die Marke aussah. Gleich einer Zeitkapsel auf zwei Rädern birgt die FLSTC Heritage Softail Classic den Geist der frühen Supertourer in sich, mit Windschutzscheibe, nietengeschmücktem Sitz und ledernen Packtaschen. Retro-Bikes gibts auch von anderen Herstellern, aber so wie dieses ist keines. Und nur Harley konnte sich vermutlich eine Skulptur wie die FLSTF Fat Boy ausdenken, die mit ihren massiven Scheibenrädern geradezu vor Solidität strotzt.

Die Harley-Zukunft – natürlich wieder mit starken Traditionsbezügen – ist dagegen an der FXDB Sturgis zu erkennen, einem der jüngsten Meisterwerke aus Milwaukee. Es ist ziemlich passend, die Maschine nach dem weltgrößten Motorradtreffen zu nennen, das es nun auch schon länger als 50 Jahre gibt. Das neue Modell, ganz in Schwarz gehalten, verfügt über den gerade eingeführten Dyna-Glide-Rahmen, der nahezu alle Vibrationen vom Fahrer fernhält – frühere Konstruktionen versuchten dies mittels Gummipuffern zu erreichen, allerdings nicht sehr erfolgreich.

Obwohl die Sturgis eine neue Ära der Sanftheit einleitet, bleibt sie doch, wie ihre Markengenossen, eine echte Harley mit all ihren liebenswerten Macken.

Straßen, wie gemacht für eine Fat Boy. Vergessen Sie alle Kurvenkratzereien, die Sie von anderen Motorrädern her gewohnt sind. Geringe Schräglagenwinkel sind wegen der heftigen Aufsetzneigung des Dickschiffs lebenswichtig. (David Goldman)

Rechts
Wer die Fat Boy hetzt, könnte in der nächsten Kurve mit Zitronen gehandelt haben. Gemütliches Dahingleiten ist ihre Stärke, gerade so schnell, daß man die bewundernden Blicke vom Straßenrand noch registriert. (David Goldman)

Die konventionelle Schwingenabstützung durch zwei Federbeine unterscheidet die Maschinen der FXR-Serie – wie die hier abgebildete Super Glide – von den Softail-Modellen.

Sieht stark aus – der Mann auf seiner Heritage Softail Classic, die ohne störende hintere Federbeine daherkommt. Rauchen während der Fahrt wirkt echt cool... solange der Bart nicht Feuer fängt!

98 Prozent aller Harley-Fahrer sind männlichen Geschlechts – so scheint es jedenfalls. Auf dieser zügig bewegten Heritage Softail Classic sitzt aber eine weibliche Pilotin. Classic-Modelle verfügen gegenüber den normalen Heritage-Versionen über eine Windschutzscheibe, Nietensitzbank, lederne Packtaschen, eine Rückenstütze für die Sozia und eine Zweifarbenlackierung.

Die jüngst wieder eingeführte FXDB Sturgis ähnelt stark dem 10 Jahre alten Modell gleichen Namens, ist aber technisch völlig verschieden. Wie die ganze Maschine, so präsentiert sich auch das Evo-Triebwerk in modischem Schwarz. Die wichtigste Neuerung ist jedoch der vibrationshemmende Dyna-Glide-Rahmen. (David Goldman)

Harleys Sprung in die 90er Jahre brachte eine spezielle Designphilosophie mit sich. Mit silbern schimmernden Scheibenrädern, den riesigen Kotflügeln und jeder Menge nostalgischer Stylingelemente präsentierte sich die FLSTF Fat Boy – und wurde sofort ein Verkaufsrenner. (David Goldman)

Das Evolution-Triebwerk knüpft in seinem äußeren Habitus an bekannte Traditionen an. In seinem ersten Produktionsjahr trug das 1340 ccm große Fat-Boy-Aggregat diese gelben Kontraststreifen, um die einheitlich metallicgraue Lackierung etwas aufzulockern.

Die FXRS Low Rider Convertible glänzt bei Stadtfahrten ebenso wie auf Überlandtouren. Dank Schnellverschlüssen kann man die serienmäßig mitgelieferten Packtaschen sowie die Windschutzscheibe entfernen.

Die traditionelle Radnabenabdeckung aus Chrom sieht prima aus, verhindert aber den Einbau einer vorderen Doppelscheibenbremsanlage.

Wer gerne Chrom poliert, kommt hier voll auf seine Kosten – Motor, Getriebe und Auspuff mal ganz außer acht gelassen. Diese Springer Softail ist jedenfalls makellos. Nach vier bis fünf Stunden Fahrfreude rechnen die echten Freaks mit einer Stunde Putzaufwand.

Unverkennbar, auch wenn sie einen Straßenblock entfernt steht. Die abgebildete Softail präsentiert sich nur leicht modifiziert: mit kleiner Lampenverkleidung, Drehzahlmesser, reliefgeschmückten Tankdeckeln und Fransensitzbank.

Die Springer Softail, 1988 neu ins Programm gekommen, zeigte eine Vordergabeltechnik, die man schon für endgültig abgehakt hielt und seit Jahrzehnten nicht mehr an einem Motorrad zu sehen gewesen war.

Neben den großen Tourern ist die FXRT Sport Glide die einzige Harley mit einer dieser exzellenten Lenkerverkleidungen.

Königin der Landstraße

Wer allein oder zu zweit auf lange Reise geht, ist auf guten Wetterschutz, limousinenmäßigen Komfort und jede Menge Stauraum angewiesen. In dieser Hinsicht können es nur wenige Maschinen mit den FL Tourer-Modellen aufnehmen. Speziell mit einem Modell nicht: der Electra Glide – nach wie vor Amerikas symbolischem King of the Highway.

Die erste FLH erschien im Jahre 1957, mit transparenter Lenkerverkleidung zum Schutz vor Wind und Insekten sowie ledernen Packtaschen. 35 Jahre später verfügt die aktuelle FLHTC Ultra über eine Fülle neumodischer Extras, etwa ein CB-Funkgerät mit integriertem Stereo-Cassettenradio, eine Digitaluhr, einen Zigarettenanzünder und einen Tempomat. Trotzdem blieben die traditionellen Konstruktionselemente die gleichen. Der bullige V2-Motor zieht immer noch wie ein Traktor, und der riesige Einzelsitz könnte glattweg aus einem Cadillac stammen.

Ähnlich wie bei den kleineren Modellen übernahmen die Harley-Ingenieure Neuerungen für die FL-Baureihe erst, wenn sie ihnen wirklich vorteilhaft zu sein schienen. So wurde 1965 ein Elektrostarter eingeführt, der die schweißtreibende Kickstarter-Balgerei mit dem massiven 1207-ccm-Aggregat beendete und zum Namen Electra Glide führte. Statt ziemlich überlasteter Trommelbremsen bemühen sich nunmehr drei Scheibenbremsen samt einer Gabel mit Anti-Dive-Vorrichtung um angemessene Verzögerung des 350-Kilo-Monsters. Zu Beginn der 80er Jahre wurde eine Triebwerkslagerung aus Gummi eingeführt, die für eine Reduzierung der Vibrationen sorgen und so sich lösende Schraubverbindungen, defekte Scheinwerfereinsätze und verschwommene Bilder im Rückspiegel verhindern sollte. Zur gleichen Zeit gelangte der Riemenantrieb zum Hinterrad ins Stadium der Serienreife. Dieser Kevlar-verstärkte Zahnriemen arbeitet sauberer und präziser als die gute alte Kette, ist zudem leichter und hält ähnlich lange. Unschöne Lastwechselreaktionen tauchen ebenfalls nicht auf – mit anderen Worten: ein wirklicher Schritt nach vorn.

Die Tour Glide wurde auch Anfang der 80er Jahre vorgestellt und sollte die Electra Glide ergänzen. Sie war die erste Harley mit Fünfganggetriebe. Während der schon lange produzierte FLHTC Tourer über den Vorzug eines formschönen lenkerfesten Windschildes verfügte, zeigte die neue FLTC eine größere, eckiger geformte rahmenfeste Lenkerverkleidung mit Doppelscheinwerfer.

Jetzt gehts ab! Das Drehmoment aus 1340 ccm Hubraum zieht dich ohne Probleme jeden Berg hinauf. (Mac McDiarmid)

Die „Ultra“ genannten Varianten dieser Modelle sind am üppigsten ausgestattet, aber was alle Glides gemeinsam haben, ist das extrem komfortable Arrangement der Sitzgelegenheiten, das unter Motorrädern seinesgleichen sucht.

Es ist immer in Harley-Davidsons Interesse gewesen, die Bindungen zur glorreichen Vergangenheit nicht abreißen zu lassen, und die Glides sind hierfür ein gutes Beispiel. Schauen Sie sich zum Beispiel nur die voluminösen Kotflügel mit ihren nostalgischen Verzierungen an. Auch der bekannte Instrumentenkasten auf dem Tank sowie dessen Einfülldeckel wurden beibehalten, obwohl das Hauptinstrumentenpaneel mittlerweile in die Verkleidung integriert ist. Nun besetzen Radio- und CB-Funk-Bedienung den prominenten Platz unmittelbar vor dem Fahrer.

Den Abschluß der gegenwärtigen FL-Modellpalette bildet die FLHS Sport, die Reminiszenzen an die ersten Harley Tourer mit ihren transparenten Windschilden und den Lederpacktaschen wach werden läßt. Ohne all die vielen Extras der Spitzenmodelle verkörpert sie Tourenfahren in klassischer Form. Während die hochtechnisierten Multizylinder-Bikes, an ihrer Spitze die Honda Gold Wing, ein hochkultiviertes Reisen mit autoähnlicher Effizienz und größtmöglicher Distanz zum Motorradfahren bieten – demnächst wird sicher auch noch ein Autopilot eingebaut! –, poltert die zeitlose Harley weiter unverkennbar durch die Lande und läßt ihren Fahrer niemals vergessen, daß sie ein urtümliches, ein echtes Motorrad ist.

Die FXRP mit ihren 1340 ccm Hubraum ist speziell für den Polizeieinsatz in den USA gedacht – hier zwei Cops aus Houston, Texas. Man beachte den großdimensionierten Tachometer, der ein schnelles Ablesen des Tempos bei hektischer Einsatzfahrt ermöglicht – nicht unwichtig in diesem harten Job.

HOUSTON
POLICE

Mit ihrem Lebendgewicht von mehr als 350 Kilogramm bietet eine Electra Glide gute Richtungsstabilität bei Geradeausfahrt – Kurvenräubereien sind dagegen ihre Sache nicht. Zwar ist das Handling in schnellen Biegungen gutmütig, aber man sollte es nicht übertreiben. Überraschend problemlos meistert das Dickschiff enge, langsam durchfahrene Kurven. (Mac McDiarmid)

Die Tour Glide Classic hat eine große rahmenfeste Verkleidung mit Doppelscheinwerfer, die sie von der Electra Glide mit ihrem lenkerfesten Windschild unterscheidet. (David Goldman)

nava

Links

Der Sitzkomfort auf allen FL-Tourer-Modellen ist in der Motorradindustrie ohne Vergleich. Mitfahrer(-innen) können es sich dank einer konturierten Rücksitzlehne gemütlich machen und den ihnen vorbehaltenen Radiolautsprechern lauschen.

Gegenüberliegende Seite

Ein Blick auf diese Wolken und man könnte sich fast im Harley-Himmel wähnen. Hier ist es aber Küstennebel, der auf dem Highway Number One in Kalifornien für besondere Atmosphäre sorgt.

Nächste Doppelseite

Diese FLH Special Edition Electra Glide mit Shovelhead-Triebwerk verfügt zwar über Packtaschen, nicht aber über die große Verkleidung und das Topcase. Direkt am hinteren Auspuffkrümmer erkennt man gut den Kickstarter.

Harley-Davidson Motor Co. Special Edition Electra-Glide

MOTOR
HARLEY-DAVIDSON
CYCLES
Special Edition Electra-Glide
FLH

Unten
Die Fransenverzierungen beweisen zweifelsfrei, daß sich der Fahrer dieser FLH als neuzeitlicher Cowboy versteht.

Rechts
Um Harley zu fahren, muß man kein jugendlicher Desperado sein, wie diese drei Herren auf ihren Tourern beweisen.

MOTOR CYCLE PARKING ONLY
GIFTS
AMA
Classic

Rechts

Sie mögen Komfort? Dann ist das Electra-Glide-Cockpit genau richtig für Sie. Der Tempomat befindet sich nahe dem rechten Gabelstandrohr.

Gegenüberliegende Seite

Zusätzlicher Wetterschutz für die unteren Gliedmaßen ist bei den Ultra-Classic-Versionen von Electra und Tour Gilde serienmäßig. Beinschilder aus Kunststoff werden dazu in die dicken Sturzbügel eingesetzt.

HARLEY-DAVIDSON
Ultra Classic Electra Glide

PIKES PEAK
HARLEY DAVIDSON

Oben

Die neuesten FL-Modelle verfügen vorne und hinten über luftgestützte Dämpferelemente mit einem einfachen aber effektiven Anti-Dive-System an der vorderen Gabel. Die richtige Einstellung des Fahrwerks geht unkompliziert vonstatten, der Lenker fungiert als Druckluftreservoir und das Regelventil befindet sich am linken Handgriff.

Links

Perfektes Harley-Outfit umfaßt nicht nur die Maschine sondern auch entsprechendes Zubehör. Die Ultra Classic Electra Glide verwöhnt ihren Fahrer mit ausgefeiltem Reisekomfort, einschließlich CB-Funk und Tempomat. Für den Fall, daß man noch Geld übrig hat: Die Auswahl an stilgerechter Kleidung mit den Emblemen und Symbolen der Marke ist völlig unübersehbar.

Oben
Die Electra Glide in ihrem Element – egal, wie lang oder eintönig die Strecke, eine große Harley frißt Kilometer um Kilometer.

Rechts
Abenddämmerung, und eine weitere Electra Glide erreicht die Stadt, um sich der wachsenden Zahl von Motorrädern am Straßenrand anzuschließen – willkommen zur Bike Week in Daytona Beach, Florida. (David Goldman)

BOUTIQUE
Open
396616

Verrückte Harley-Welt

50 Wochen im Jahr ist Sturgis, eine kleine, unscheinbare Ortschaft in den Black Hills von South Dakota, so schläfrig wie jede andere Provinzkleinstadt in den Vereinigten Staaten. Während vierzehn Tagen aber bebt und dröhnt sie im schwerfälligen Takt tausender V2-Motoren. Auf ihren Straßen fällt man förmlich über Harleys jeder Spielart. Dies ist, soviel ist sicher, die irdische Ausprägung des Harley-Himmels – zumindest zwei Wochen lang. Anfang August findet hier nämlich das weltgrößte Motorradtreffen statt – und Sturgis ist schon seit 50 Jahren dessen Gastgeber.

Aus allen Ecken der USA, ja sogar der Welt, streben sie hierher, um sich ein Stelldichein zu geben, um die Motoren bollern zu lassen, um zusammenzutreffen, um zu trinken, zu posieren, zu gaffen, kurz, um sich selbst zu feiern und eine gute Zeit zu haben. Japanische Motorräder haben zwar kein ausdrückliches Stadtverbot, aber es ist besser, sich in Sturgis nicht damit sehen zu lassen. Jedes Jahr kommt hier die vielgestaltigste und buntschillerndste Ansammlung von Harleys zusammen, die man sich vorstellen kann. Und deren Fahrer sind ein nicht minder exotisches Völkchen…

Nach wie vor existiert das Klischee vom Harley-Biker als modernem Cowboy, als jemandem am Rande der Gesellschaft, fast schon als Outlaw. Da ist es geradezu ironisch, daß die auf zwei Rädern motorisierten Gesetzeshüter nicht nur ähnliche Sonnenbrillen tragen sondern auch auf den gleichen Maschinen sitzen. Zwar haben fernöstliche Marken auch in viele Polizeimotorradstaffeln Einzug gehalten, doch bewegen die Highway-Patrouillen ihre Harleys mit ungebrochenem Stolz und betrachten sie im allgemeinen als das praktischste Fahrzeug im Fuhrpark.

Obwohl berüchtigte Motorrad-Gangs mitunter immer noch in Sturgis auftauchen, wie sie es auch bei kleineren Treffen tun, scheinen wirkliche Probleme dieser Art mittlerweile überwunden zu sein. Während der vierzehn „Feiertage“ gibt es zwar jede Menge Partys, aber nicht mehr Zwischenfälle als in jeder anderen Stadt ähnlichen Zuschnitts. Die größte Gefahr für Besucher und Einwohner besteht in akutem Schlafmangel – der Lärm dauert jede Nacht bis mindestens 4 Uhr, dann werden endlich auch die hartgesottensten Biker langsam müde.

Strandleben in Daytona Beach. Man zeigt seine Harley, fährt gemächlich hin und her, den ganzen Tag, die ganze Woche, und freut sich seiner selbst.

Harley-Davidson
HARLEY-DAVIDSON

Es gibt kein Entrinnen und fast keinen Platz an der Theke, weil jede Kneipe randvoll ist mit ausgelassenen Bikern.

Viele kommen nicht zuletzt hierher, um sich einen Überblick über die aktuellen Trends in Sachen „Customizing" zu verschaffen, denn kaum eine Harley in Sturgis befindet sich im Originalzustand.

Ob in Sturgis, auf der Bike Week in Daytona Beach im März oder einem anderen der zahlreichen Harley-Treffen, man findet immer wieder jede nur denkbare Spielart, Verrücktheit und Farbschattierung der bunten Harley-Welt. Ihre Fahrer betrachten eine Harley sprichwörtlich als Vehikel zur Selbstdarstellung und -verwirklichung, sie verändern die Maschine nach eigenem Geschmack, schrauben die unnötigsten Accessoires an oder tragen die aufwendigsten Lackierungen auf, um sie zum unverwechselbaren Zeugnis ihrer Persönlichkeit zu machen. Andere wiederum geben sich noch ambitionierter und führen tiefgreifende technische oder ästhetische Modifikationen durch. Die Ergebnisse solch kreativen Tuns sind häufig sensationell, manchmal auch komisch, aber fast immer sehr gekonnt dargeboten.

Für wirkliche Enthusiasten, und als solche betrachten sich Harley-Fahrer nun mal, sind Anreisewege von mehreren tausend Kilometern kein Hinderungsgrund, immer wieder an Treffen teilzunehmen. Arbeiten und Geldverdienen muß man eben in den Tagen dazwischen. Daran erkennt man: Harley-Davidson ist kein Motorrad, sondern eine Weltanschauung.

Wenn es Nacht wird in Daytona Beach kommt eine ganz besondere Atmosphäre auf…

DAYTONA BEACH
WELCOMES BIKERS
KAY'S
COACH HOUSE

Links
Daytona Beach heißt die Biker willkommen. Eine ganze Woche lang vibriert der Ort im Rhythmus zahlloser bollernder V-Twins. Man muß die Maschinen und ihre Fahrer einfach gesehen haben.

Rechts
Straßenkunst nach Harley-Manier. Wer seine Maschine gekonnt modifiziert hat, kann sich vor Betrachtern kaum retten.

Unten rechts
Einige wirklich außergewöhnliche Harleys gefällig? Fahren Sie nach Sturgis oder Daytona, und Sie werden förmlich über solche Geräte stolpern. Diese beiden originell in Szene gesetzten Variationen sind nur Beispiele dafür, was einem dort jeden Tag begegnet. (David Goldman)

Harleys zu verschönern ist natürlich nicht nur eine Amerikanern vorbehaltene Spezialität, auch in Europa versteht man sich aufs „Customizing", wie diese Low Rider aus Großbritannien eindrucksvoll beweist.

Eine heißgeliebte Sportster mit Ironhead-Triebwerk. Wenn sie an manchen Stellen auch etwas angegriffen aussieht, macht der ziselierte Ventildeckel doch echten Eindruck.

„Guns", aber keine „Roses" – das Wortspiel wäre ein zutreffendes Motto für diese unglaublich hergerichtete Softail.

Der Revolver in seinem Halfter ist erstaunlich genug, was aber soll man bloß zur doppelläufigen Auspuffanlage sagen ...?

Oben

Wenn man eine Harley besitzt, muß auch passende Kleidung her. Es gibt zahllose Möglichkeiten, die Verbundenheit mit der Marke zu dokumentieren – sprichwörtlich von Kopf bis Fuß. Jethelme sind auf einer Harley eigentlich ein Muß.

Rechts

Abgesehen von offiziellen Harley-Davidson-Accessoires stellen Hunderte unabhängiger Firmen Zubehörteile her. Solche verchromten Luftfilterdeckel etwa sind besonders beliebt.

LIVE TO RIDE
RIDE TO LIVE
HARLEY-DAVIDSON®

Wenn das alles Rückleuchten sind, wie mag die Maschine dann erst von vorne aussehen? Hoffentlich hält die Lichtmaschine das aus…

Mount Rushmore mit seinen in Fels gehauenen Präsidentenporträts ist die Basis dieser hochwertigen Speziallackierung. Das Original liegt übrigens in der Nähe von Sturgis.

Oben

Nicht alle extravaganten Lackdesigns wurden von Spezialisten geschaffen, viele Do-it-yourselfer versuchen sich auch daran – mit wechselndem Erfolg.

Rechts

... die ist garantiert auf einer Harley Springer Softail. Man beachte die Tankdeckel mit Adlermotiv.

Oben

Eiserner Adler. Diese herrlich aufgemachte Springer Softail läßt die hinter ihr geparkte Honda Gold Wing vor Neid erblassen. Sogar die Stößelrohre wurden sorgfältig bis ins Detail bearbeitet.

Links

Auf Feinarbeit wird Wert gelegt, wie die aufwendige Lackierung, die speziellen Tankdeckel und das Tachometerzifferblatt unter Beweis stellen.

FLORIDA

Links
Nur wenige Besitzer möchten ihre Maschine im Originalzustand belassen, die meisten verleihen ihr eine eigenständige Identität. Diese Shovelhead etwa verfügt über Zusatzbeleuchtung, Fischschwanzauspuffrohre und ein ungewöhnliches, aber überzeugendes Farbdesign in Braun.

Oben
Zwar sollte man durch Windschutzscheiben hindurchsehen können, aber als Raum zur Anbringung weiterer Harley-Symbole, zum Beispiel des Adlers, sind sie nicht zu verachten. Harley sieht es übrigens gerne, wenn Accessoires und Zubehörteile über die offizielle Händlerschaft bezogen werden – kein Wunder…

HD EVO – ein nettes Nummernschild, und typisch amerikanisch.

Da paßt eine Harley hin: Ein umgebauter alter Union-Pacific-Eisenbahnwaggon ist zum Diner umfunktioniert worden. (Mac McDiarmid)

Links

Eine Mitgliedschaft in der Harley Owners Group (HOG) dauert gewöhnlich mehrere Jahre, manchmal sogar ein Leben lang.

Nächste Doppelseite

HOG-Mitglieder treffen sich und unternehmen gemeinsame Ausfahrten. Die meisten Clubsektionen sind äußerst aktiv, man kommt jeden Monat, mitunter sogar jede Woche zusammen. Diese Biker gehören zur Hou-Tex-Sektion (für Houston, Texas) und machen gerade einen geruhsamen samstäglichen 200-Kilometer-Ausflug.

AMA

Einige weibliche Harley-Fans kleiden sich eher zurückhaltend, diese Dame tut das weniger. Die strahlend schwarze Springer Softail mit ihren güldenen Detaillierungen sorgt samt ihrer Fahrerin sogar in Florida für Aufsehen.

Es ist zwar ungehörig, aber es muß gesagt werden: Dotty ist beinahe 80 Jahre alt und Gründungsmitglied der „Women's Motorcycle Group" in Florida, die bald ihr 50jähriges Bestehen feiert. Hier ist sie gerade in Daytona angekommen. Warum aber ein pinkfarbenes Motorrad? Ganz einfach: Dotty hatte es satt, daß sich ihr Ehemann dauernd die Harley auslieh. Seit die Maschine auf diese feminine Farbe umlackiert wurde, traut er sich nicht mehr, sie zu fahren.

Rechts
Ein echter Hot Dog. Mit Brille und quietschgelbem Outfit sieht er verdammt cool aus…

Links
Was haben die beiden Vehikel im Bild gemeinsam? Richtig, der alte Ford Escort Mk I im Hintergrund und die glänzende Heritage Softail von 1989 haben nahezu gleich große Antriebsaggregate – und sie sind die einzigen Fahrzeuge in diesem Buch, die in der tiefsten west-australischen Provinz vor eine Fotolinse gerieten. Der Besitzer der Autowerkstatt war früher ein gußeiserner Norton- und Triumph-Fan, tauschte aber beides gegen eine Harley ein, als er zur Überzeugung gelangte, daß er fürs Kickstarten zu alt sei.

Oben
Flanieren am Strand – eine großartige Freizeitbeschäftigung. Man sollte es nur tunlichst vermeiden, mit nackter Haut die Auspuffanlage zu berühren.

GROUND WAR
EXCLUSIVE COVERAGE
Los Angeles Times
DUNLOP K291T
FLH

Links
Nicht zu unrecht erwartet man auch in Hollywood eine ganze Menge Harley-Fahrer. Die Jungs im Bild posieren gerade vor einem bekannten Schnellrestaurant. Fehlt eigentlich nur noch, daß auch die Reifen verchromt sind…

Oben
Daytona war echt Klasse, jede Menge Harleys. Und ich habe diesen netten Jungen dort getroffen, Mama.

Oben
Was für ein Lächeln von dieser tätowierten Harley-Fahrerin. Weil berüchtigte Gangs immer in der Nähe sind, könnte man meinen, die großen Treffen seien gefährlich. Tatsächlich tauchen nur selten Probleme auf, alles ist eher wie eine große Party.

Rechts
Die beiden Herren unterhalten sich wohl gerade über die Fortpflanzung ihrer heimischen Gummibäume. Ihre Maschinen (links eine FLSTC Heritage Softail Classic, rechts eine FLST Heritage Softail, beide ohne Windschutzscheibe) sind kaum verändert, tragen sogar noch die serienmäßige Lackierung. Wenn sie nur wollten, könnten sie zum nächsten H-D-Händler fahren und nach Herzenslust Zubehör einkaufen, von der Lenkerklemme aus massivem Kupfer bis hin zur gelöcherten Auspuffverblendung.

HARLEY-DAVIDSON
DSON

Harley-Davidson

Links
An dieser gelben Springer wird deutlich, warum Harleys so beliebt sind – wegen der gelungenen Mixtur aus alten und neuen Technikelementen und ihrer immensen Solidität. Der große V-Twin ist im Prinzip ein 50 Jahre altes Design, wie auch die Vordergabel. Aber die Kraftübertragung aufs Hinterrad erfolgt mittels neuzeitlichem Zahnriemen.

Oben
Auch auf europäischen Treffen finden sich Harleys aus aller Herren Länder ein.

Laß' die Fat Boy laufen. Die FLSTF hat mit ihrer Präsenz etwas von einem japanischen Sumo-Ringer an sich.

Hochgelegte Fußrasten ermöglichen eine relaxte Sitzhaltung bei langen Fahrten, außerdem fördern sie das Easy-Rider-Image.

Sonnenbrille, rotes Kopftuch, Dreitagebart, abgerissene Jeansjacke und Tätowierung – dieser Harley-Fahrer muß Buchhalter sein. (Mac McDiarmid)

Adler sind ein bevorzugtes Motiv, um Harley-Gefühle auch auf kleinen Gußstücken auszudrücken.

Eine Ironhead-Sportster kommt in die Stadt. Wenn man sich vorstellt, daß es sich hier um eine immerhin fast 10 Jahre alte Maschine handelt – nach japanischen Maßstäben schlicht um ein technisches Relikt –, so wird schnell klar, daß die Harley-Identität stets bewahrt worden ist.

Im Werkskatalog wird man solches nicht finden! Wer als Fahrer aber großen Durst entwickelt, für den ist die hier umgesetzte Idee ziemlich praktisch.

QUALIFIER
DUNLOP

Links

Im Jahre 1981 hielt der Zahnriemenantrieb zum Hinterrad Einzug in die Harley-Modellpalette. Der Kevlar-verstärkte Riemen ist ein cleveres Konstruktionselement: Er ist leichter, unkomplizierter und weniger leistungsfressend als eine Kardanwelle. Verglichen mit einer Kette läuft er ruhiger, ermöglicht er sanftere Schaltvorgänge, muß er seltener gespannt werden. Seine Stärke liegt im übrigen darin, daß er das gewaltige Drehmoment des 1340-ccm-Aggregats anstandslos verträgt. Also bitte keine Scherze mehr über Gummibänder!

Rechts

Die neue Vordergabel der FXSTS Springer erregt im allgemeinen schon genug Aufmerksamkeit, aber die rot-gelbe Speziallackierung macht die Maschine zur echten Hingucke.

Die Harley Owners Group, kurz HOG genannt, ist in den USA die Nummer Eins unter den Harley-Clubs und breitet sich auch in Europa mehr und mehr aus. Die Mitgliederzahl liegt bei über 130 000. Organisierte Treffen und verbilligter Zubehöreinkauf sind nur zwei Gründe, um beizutreten.

Electra Glide von Harley-Davidson,
Sturzhelm von Karl Lagerfeld...

Dies ist Accessoire Nr. 99418-88V:
alle Füße mit Löchern versehen,
Befestigungsmaterial wird mitgeliefert.

Ein angenehmer Anblick, wenn man von New York aus unterwegs ist. Die Harley umrundet locker eine Kurve in Twin Peaks, Market Street, und vor dem Fahrer liegt zum Greifen nah die City von San Francisco. (Mac McDiarmid)

Man tut sich schwer, Worte zu finden für die gewaltige Landschaft im Yosemite Nationalpark. Um eine Vorstellung von der Größe des Granitfelsens im Hintergrund zu haben, an dem die Harley gerade vorbeifährt, muß man sich nur den Maßstab der Bäume auf dem Gipfelplateau ansehen.

Rauchen ist ungesund, sagt man, aber wen scherts nach mehreren hundert Kilometern Fahrt. Eine Low Rider Convertible und eine Electra Glide Classic machen gerade Pause in Missouri. (Mac McDiarmid)

Oben
Eine Fat Boy mit Verwandten in Disney's Epcot Center.

Rechts
Highway-Cop Tom Barnes gibt Neuigkeiten ans Hauptquartier der Polizei von Houston, Texas, weiter.

Harley-Davidson